真夜中の旅籠

加羅戸麻矢
Karato Maya

風詠社

まえがき

真夜中の旅籠の幻想世界——

この物語は「表象の森」という現実世界とは異なる、「表象の世界」に実際に存在するいわくありげな真夜中の旅籠について説明した物語です。

ところで「表象」とは、広辞苑第六版によると「知覚に基づいて意識に現れる外的対象の像。対象が現前している場合（知覚表象）、記憶によって再生される場合（記憶表象）、想像による場合（想像表象）がある。感覚的・具体的な点で観念や理念と区別される」とやたら難しく書かれているので、書いている本人もよく分からなくなりましたが、皆さんが人生の3分の1を過ごしている睡眠中に浮かび上がってくる夢の世界のようなものかもしれません。

ということで、ひょっとするとそのうち夢の中でこの「表象の森」の真夜中の旅籠から宿泊招待券が届いて、あなたも訪れることになるかもしれません。

そんなことがあっても、作者はちょっと責任を負いかねますのでご容赦ください。

また、現実世界と異なる表象世界の話で夢の中を漂うような話なので、時間系列があいまいだったり表象風景が多層階の夢の中でいきなり変わったりしますがご容赦ください。

（1）

旅籠へのチェックイン――

「ようこそ真夜中の旅籠へ。チェックインは午前零時、チェックアウトはあなたが寛いでから。人生の冥《くら》い道を歩いてきて、真夜中にやっと辿り着いたわけですね。スタッフ一同歓迎いたします。さぁさぁ、お泊まり部屋へどうぞ」

部屋に着くと、旅籠のスタッフの説明が始まりました。

「今夜は泊まり客がいないので、この旅籠の角部屋にご案内しました。部屋の片隅になんで唐傘お化けみたいなのが置いてあるのかって？　別に洒落たインテリアではないんです。ここはこの旅籠の最上のお部屋なんですが、実はこの真上の部屋で昨年出刃包丁が飛び交う凄惨な事件がありまして、いつも塵一つなく綺麗にしている畳がその時は血の海と化してしまったのです。それでリニューアルしたんですけど、訳あり部屋でたまに出るんですよ。そしてお客さんからクレームが入ることが多くて、今は布団部屋となっている次第です。そんなわけで、たまにこの部屋も天井から一斉に赤い雨が降ってくることがあります。でもご安心ください。唐傘くんの目玉は常に天井を見て雲行きを観察していますから。雲の色が濃くなり始めると、唐傘くんが1本足でピョッコピョッコとあなたの元にやって来ます。傘…傘…傘…傘…。そして傘を開いて布団から出ているあなたの顔が深紅に染まらないようにしてくれます。それから、唐傘くんが部屋の天井を思いっきり睨みつけて青空にしてくれますが、ちょっとばかり時間がかかるのでご容赦ください。その間、部屋中に垂れ落ちてくる赤い雫だらけの幻想的な風景を楽しめますよ。では、この旅籠の夜はえらく長いのでお楽しみくださいさい」

（2）

そんな知らぬが仏の余計な話を聞いたので興奮して目が冴えてしまい、その後しばらく眠れなかったのですが、何かゴロゴロというかグサグサというか不思議な雷の音が何度もリズミカルに続き、電車で座っているうちにレールの継ぎ目の音で心地良くなってウトウトし出す時のように、やがて眠りの世界に引き込まれてしまいました。

しばらくしてから気が付いて目を開けてみると、周りは土砂降りの集中豪雨のようになっていましたが、布団から出た顔の上に唐傘くんが傘を開いて何やら寝る前に聞いた奇妙な雨が降り注ぐのを防いでくれていたのです。

その時、気付いてびっくりしたのですが、唐傘くんは天井に向かって何かのお経を唱え続けていました。唐傘くんに口があったとは気が付かなかったので聞いてみようと思ったのですが、えらく疲れていてまた深い眠りに引きずり込まれました。

「チェックアウトはいつでもどうぞ」と言われていたので、雨が止んでからもしばらく寝続けていると、やがて天井が晴れ渡ってきた幻覚に襲われ、半覚醒状態となったまま白昼夢の世界から抜け出せなくなってしまいました。

その白昼夢はやたらリアルで、現実の世界に戻れたのかと期待したところ、ちょっと違ったようで、夜中にまた今泊まっている旅籠に辿り着くことから始まったのです。

その時、子供時代に「すごろく」をやっていてゴール直前に振り出しに戻ってしまった嫌な記憶をなんとなく思い出しました。その白昼夢の中の話をしたいと思います。

再びこの旅籠を訪ねて「すみません」と言ったのですが、しばらく誰も出てくる気配がないので諦めて外に出ようと思ったところ、帳場の奥から高さ10センチ程度の人形《ひとがた》の紙切れが出てきました。そして不思議なことに、その顔の形のところに目や鼻や口を模した黒く短い棒線が引いてあり、やがてそれらが人間の顔のように見えてきたのです。

するとと、その紙切れは私をじっと見つめながら喋り始めました。

「お待たせして申し訳ありません。私はここの旅籠の番頭をやっている式神です。早速、お部屋にご案内いたしますので、下駄箱の上にある団扇《うちわ》をお持ちください」

なんで団扇を持たなければいけないのかよく分からなかったのですが、とりあえずそれに従って片手に団扇を持ちながら部屋に向かうことにしました。

しかしながら問題だったのは、その式神と称する人形の紙切れが私を先導して歩き出したのはいいのですが、何せ身長10センチほどなので、蟻の歩く速さの数倍程度だったことにありました。

しばらくすると式神は振り向いて、私の顔を見ながら「申し訳ありません、歩くのが遅くて。すみませんが、私の背中をその団扇で扇《あお》いでもらえますか」と言い出したため、団扇を左右に振ってみるとちょっとした風が起こって、なんとその式神が風に乗って空中に浮かんで廊下に沿って飛び始めたのです。

式神は「ありがとうございます。おかげさまでうまく離陸することができました」と言いながら、歩いていても追いつけない程度の速さで飛んでいったのです。

それで、私は今までの人生でたくさん背負ってきた荷物を抱えながら必死についていくと、式神はいち早く滑走路として着陸した突き当たりの畳部屋で、仁王立ちになりながら待ち構えていました。

そして式神は、また喋り始めました。

「すみません、お疲れのところ急がせてしまいまして。でも、今夜は泊まり客があなただけなので、最上の部屋にご案内しました」

それを聞いて部屋の周りを見回すと、確かこの旅籠に辿り着いて案内された唐傘のいる角部屋と全く同じであったことに気が付いたのです。だけど、真っ赤に染まった畳はあっという間に新品にリニューアルされていたことにびっくりしました。

続いて式神は一文字に描かれた黒い1本の線の口を大きく開きながら、更に饒舌に喋り始めました。

「このお部屋は、他の部屋と違って実に楽しいアトラクションをお泊まりのお客様のために特別に用意しておりますので、一晩充分に堪能していただけると思います。では、そのアトラクションについて禁忌事項を含めてご説明いたします。この旅籠の夜はえらく長いので、たっぷりお楽しみいただけると思います」

それを聞いて「デジャヴ」という言葉を思い出し、今現在が夢の中を漂っているのか現実の世界を過ごしているのか、頭の中全体が混濁して訳が分からなくなった次第でした。

（3）

旅籠のアトラクション――

とりあえず、式神の言う「この角部屋のアトラクション」についてお話ししましょう。式神からの説明です。

「この旅籠の西は神社が隣接していて、見事な大木を見ることができます。そして北は、この地域の古刹として有名なお寺のお墓が一面に広がっています。そういうわけで、丑三つ時になったら小指に唾をつけて西向きの障子に穴を開け、この旅籠の神社を見てみると、ローソクを何本も灯した鉄輪をつけ、素足に高下駄を履き白装束を身にまとった血気迫る美しい女性を見ることができます。でも、決してその綺麗なお御足を拝ませてもらおうなどと欲張って、親指にも唾をつけて障子の穴を大きくしてはなりません。我慢できずにそのようなことをすると、見られていることに気付かれ、あなたに向かって白く光った目をいきなり向けるでしょう。そして大木に五寸釘で打ちつけられたせっかく作った藁人形の丑の刻参りの効果がなくなってしまったことを恨んで、呪いのターゲットを急遽あなたに変更するかもしれません。さすれば、その後はあなたが布団の中でまどろみながらやけにお腹が重いと感じて目を開けてみると、彼女が髪を振り乱してあなたのお腹の上に馬乗りになっていることが分かると思います。その白装束の女性があなたのタイプであれば不幸中の幸いということでしょうが、彼女の視線ビームを浴びた瞬間に、お客さんも肉の繊維で出来た藁人形となって、その左胸に五寸釘が打ち込まれるかもしれません。この部屋のお楽しみの1つを紹介しましたが、禁忌事項も併せて説明いたしましたので、決して興奮せずに今晩西側のアトラクションをお楽しみください」

（4）

ところがその晩も眠り込んだ後にふと目が覚めると、なんか以前も見たようなデジャヴ風の例の集中豪雨の中に唐傘くんに守られた自分が布団の中に横たわっているのを、今度は不思議なことに部屋の上のほうから見ることができました。現実と虚構、現在と過去の世界が入り混じって、どうやら幽体離脱してしまったようです。そして、そのデジャヴの風景であろう昨夜のことを思い出しました。

すると、部屋の電気はつけっぱなしで寝てしまったため、目の前にブラッディメアリーをかるく１００杯は超えるほど雫にして、スプリンクラーのように撒き散らされ続けた幻想的風景が鮮明に映ったのです。

その映像風景を見終わった後、頭の中が混乱してしまい、とりあえず唐傘くんにお礼を言い、魂の私は寝ている肉体の私の体の中に吸い込まれて、何かやけに湿って重くなった布団を頭までかぶって再び爆睡しました。

幽体離脱して夢の世界を彷徨った後、やっと意識が戻ったので布団を剥いで外を見てみると、西からお天道様の光が差し込んで眩しかったため、思わず目を閉じ気味にしました。枕元に置いてあった腕時計を見ると午後4時半を過ぎていたため、慌てて身支度をして、こんな奇妙な旅籠からさっさとおさらばしようと固く決心したのです。

そしてその何やら分らない最上の部屋を後にして、薄暗く日の当たらないやたら長い廊下を歩いて帳場に向かいました。「チェックアウトは寛いだ後でいつでもどうぞ」とか言っていたから、夕刻のレイトチェックアウト料金は取られないだろうと安心していたのですが、帳場に着いて一泊の宿泊料を払おうとすると、いきなり変なことを言われました。

「ありがとうございます。この帳場で、すぐに連泊の手続をいたします」

それを聞いてあっけにとられましたが、すぐに冷静になり「まだ夕方なんだからチェックアウトを頼むよ。速攻で帰りたいんだ。昨晩あの部屋でえらく堪能させてもらったから十二分に満足できたよ」と答えると、「でも、今は午前零時でチェックインの時間ですよ」と言われました。

慌てて旅籠の入口から外を見ると闇に包まれていたため、「信じられない（unbelievable）」と言いながら靴を履かずに外に出てみたところ、更にびっくりしたのです。

というのは、昨晩この旅籠に来た時に、綺麗に整備されていたアスファルトの道の代わりにでこぼこの石畳とその横に連なって延々と並ぶ怪しく光る灯籠が、闇の彼方に並んでいる風景が目の前に広がっていたからです。そして、すぐ近くの灯籠に近づいてその光を見てみると、それは人魂の蛍火でした。

帳場に戻ると、またもや奇妙なことを言われました。

「どうされますか？ 充分寛がれた後なら、チェックアウトも可能です。でも今チェックアウトして旅籠の前の石畳を歩いていくのも、灯籠がほのかな光で照らしてくれるのでなかなか風流ですけど、次のお泊まり部屋がどこにあるのか私は存じません。なかなか安心して寛ぐことができない人生と同じですが」

更に帳場の案内人は、妙なコメントを付け加えました。

「今晩も連泊いただければ、昨日の最上のお部屋とは違ってちょっとランクが下がりますが、西向きの部屋にお泊まりいただけます。昨晩お泊まりいただいたお部屋は、滅多にないのですが、お客様はちょっとついていなかったようで、異常気象のせいなのか集中豪雨が続いたため、せっかくの和室の畳部屋が一面赤い絨毯となってしまったので、申し訳ありませんが畳の張り替えを行っている次第です」

そのように真夜中のチェックアウトは控えるように言われて、慌ててその部屋を出る時、この辺の西日はやたら強烈で部屋全体を夜中まで差し込み続けるのかと考えました。

そして、この不思議なチェックアウトからチェックインに移ってしまった時間のズレに、自分の日々を送る人生なんて自分で決めているようだけど、実は元々決まっているのかもしれないと思い、今宵も諦めモードに浸り、連泊のチェックインの手続を仕方なく取ったのです。

（5）

その部屋で眠りに就いた翌日、「旦那さん、お目覚めですか?」という声を聞いて瞼を開き、この前見たおぞましい風景の痕跡がなかったかどうかを確かめるべく、天井や自分の身の回りを見てみると、寝る前の風景と同じだったので一安心しました。

しかしながら耳から入り込むその甘い囁きに意識がいきなり覚醒状態となって、その声の主が例の式神ではなくこの旅籠の仲居さんであることを確信しました。そして、彼女の顔を見ようとしましたが不思議と首が回らず、体ごと反転しようにもなぜか金縛りにあったようで動かないことに気が付いたのです。「一昨日、無理やり堪能させられたこの旅籠の不思議な深紅のシャワーの体験がＰＴＳＤになって、体が硬直してしまったんだろう。しばらくこのままじっとしていれば元に戻るだろうから、とりあえず気持ちだけでもリラックスしてみるか」と考えていると、更に囁き声が聞こえました。

「昨晩、明け方近くになって白装束の女性が現れて、旦那さんが急に連泊したくなったそうだからよろしく頼むという伝言を仰せつかりましたので、今夜もゆっくりお休みがてらお楽しみくださいい」

急にそんな自分で言った覚えのないことを告げられたので、てっきり体験していないいつもりであった風景を急に思い出したのです。

それは何日か前か忘れましたが、丑三つ時に障子に穴を開けて片方の目玉を押し付けてみたところ、そのうちなぜか自分の目玉が瞼から半分飛び出して障子の穴を大きく広げてしまったことでした。その時、耳元で「左胸に何か痣のようなものが出来ていませんか」と妖しく囁かれました。

慌てて腹筋に思いっきり力を入れて起き上がってみましたが、声の主の姿は残念ながら見ることができず、仕方がなく自分の胸を見てみると確かに五寸釘の先を押し付けたような痣が出来ていました。それを見ていたところ、姿なき声が再び聞こえてきたのです。

「それはよかったです。五寸釘が刺さったまま起きてこられないお泊まりのお客様もよくいらっしゃるので。ところで、その白装束の女性をどうやってお引き取り願ったのでしょうか。何か会話とか、特別な行いとかなさった記憶はありますか？」

そこで、昨日の深い夢の残滓をすくってみると、昨夜の妖魔変化の世界に引き込まれたのです。

それというのは、急に目の前にその白装束の女性が現れて、私のお腹の上に馬乗りになり、私の胸に五寸釘を思いっきり押し付けてきた昨日の風景が鮮やかな幻覚のように浮かんだのです。その女性の両眼は等しく眩しく光っていたのですが、その光で彼女の美しくも悲しい顔の表情が分かりました。

それを見て思わず「この怨念の仮面をあなたが自ら剥ぐことができたら、昔の柔和な観音菩薩様のような慈悲に満ちながら男を惑わす笑顔の女性に戻るんでしょう」と言ったところ、「そう言われてしまったならば仕方ない、とりあえず今日は引き上げるけど、また次の丑三つ時に障子の穴から私を見たらここに来るから」と言いながら、ざんばら髪を急に指で整えて藁縄で縛ってポニーテール風にまとめ、妙に妖しくキュート（cute）な後ろ姿を浮かばせながら、部屋から静かに出て行きました。

　彼女が去って行く時に思わず、「白装束の下から見えた透き通るほど白く美しいお御足は永劫に忘れられないです」という思いを、命乞いして慈愛をいただいたお礼の後付けとして彼女の頭の中に伝えたことを思い出しました。

　すると不思議なことに、今度は天井の近くから声が聞こえてきました、

「それはよかったです。やっぱり昨晩障子に小指で穴を開けた後に蠱惑に駆られて親指でその穴を大きくしてしまったのではないですか？　でも、今週も1週間延泊ということで承りましたので、今後はお気を付けください」

　それを聞いて、慌てて「昨日、一晩泊まったではないか。さっきの話では今晩も泊まることになってしまったが、明日は絶対帰るぞ」と言ったところ、その声の主は答えました。

「枕の近くに置いてあるGPS機能付きの旦那さんの腕時計をご覧ください。おそらく旦那さんは、その白装束の女性にその慈愛の言葉を言う直前に五寸釘を軽く試し打ちされたんだと思います。それで多分旦那さんの心臓が1週間止まって体の位置は全く変わっていないのではないですか？」

そう言うと同時に、この声の主が天井に映し出されたのです。

それは天井に張り付くやたら馬鹿でかい瑪瑙《メノウ》色の唇でした。そしてその唇がムニョモニョ動き出したので、恐怖でひきつりながら腕時計を見てみると、確かに曜日は同じ表示になっているのに日にちが1週間経過していることに気付いたのです。

その大きな唇は、更にこう言いました。

「差し出がましい助言ですが、今晩は西のお部屋に泊まる代わりに北向きの部屋が空いております。この辺では有名な古刹が隣接していますので、今夜もお楽しみいただけますよ」

ということで、先ほどまで耳元で怪しく囁いていたと思っていた仲居さんは実は自分の幻聴で、実際に喋っていたのは天井に映る大きな唇だったわけです。

その事実を知って、自分が鬱蒼と茂る人生の森の中に迷い込んだ後、どこの旅籠に泊まっているのかまたもや分からなくなった次第です。

（6）

半ば諦めモードになって、仕方がなく旅籠の帳場に行ってその勧められた北向きの部屋で今晩も泊まる旨を伝えたところ、「お泊まりになった西向きの部屋に連泊されるとどうしても誘惑に駆られて見てしまい、翌朝五寸釘が左胸に突き刺さったまま起きてくれないお客様が多数いらして、こちらも処理に困っておりますので、ご無事で再度チェックインいただいて助かります」と言われました。

ついでに何か不可解で妙に頭に残る奇妙なコメントを貰いました。

「北向きのお部屋はそのようなお客様の身が傷つくことはありませんので、ご安心ください。ただし、念のため小銭をたくさんご用意ください。ここで両替を承りますので、さすれば今まで経験したことのない深い眠りを味わうことができます。もちろん眠ったままとならずに再び起きることができるので、ご安心ください」

それを聞いて、この妙な旅籠に何泊もしていたためか、頭の中の思考回路が働かなくなり、とりあえずお札を数枚渡して言われるがまま全て小銭に両替してもらうことにしたのです。するとと、「ありがとうございます。今宵のためにこんなたくさん小銭を用意しておいていただけると、こちらとしても助かります。お礼に小銭を全部まとめて入れることができるこの旅籠特製の涅槃巾着袋を差し上げます」と、ありがた迷惑なことを言われました。

その後、帳場の近くを歩いていくと、ビールやジュースやミネラルウォーターが並んだ自動販売機の釣り銭切れの表示が赤く光っていたので、なるほどこういう事情でたくさんの小銭がいるのかと思いながら両替を済ませました。そして、北向きの部屋に案内されたわけです。

部屋に着いたら、「どうぞお寛ぎください。北向きで日中は薄暗いため、ちょっとした昼寝でも熟睡できます。真夜中はちょっと外が騒がしくなるかもしれませんが、そこにある耳栓でもしていれば気になりませんよ」と言う言葉が、どこからともなく聞こえてきました。

それで「夜中に騒がしくなって、また障子を開けると恐ろしいことが起こるんじゃないのか」と尋ねたところ、「そんなことはございません、先ほどたくさんの小銭をご用意していただいたし、小銭の多さに応じてお客さんの幸福度合いも上がりますので、ご安心ください」とのことでした。

そういうわけで、まぁとりあえず今晩は安心して眠れそうだなと思い、思わず帳場に戻って残ったお札で缶ビールや缶チューハイを何本も買ったのです。

そしたら、その旅籠の名物と言われる特製の「あなたの体にカルシウム急速充填サプリ」と書かれた小さな白いカリントウ風のつまみが骨壷のような容器に山盛りに入れられ、サービスで貰うことができました。

それで、いい塩梅に気分が良くなって、部屋に戻ってこの旅籠の不思議な体験を思い出しながら缶ビールたちを次々に空けて、ボーリング場のピンのごとく畳に転がしていきました。

だんだん酔いが回って、いきなり眠気が襲ってきたので部屋の座布団を並べて横になると、帳場で言われた通り今までの疲れもあったのか眠りの沼に引きずり込まれていったわけです。

しばらく眠りの精霊たちと会話していたところ、何やら仲居さんらしき人の囁き声が耳元で聞こえたような気がしました。「お客さん、布団を敷きました。この部屋は北向きで夜中は寒いので、風邪など引かぬようこちらでお休みください」というような言葉でした。

えらく優しくありがたい言葉を久しぶりにかけてもらったので、思わず嬉しくなって寝ぼけ眼でその仲居さんを見てみると、能面に艶やかな色気の粉を振りかけたような妙に美しい別嬪《べっぴん》顔が目の前に現れたので、思わずびっくりしてしまいました。

そういうわけで、今回聞こえた声はこの前の天井の幻覚や幻聴ではなく、実際にこの仲居さんが話していることを確認できて、えらく嬉しくなったのです、

それで、その仲居さんの顔をじっくり見つめようと思いっきり瞼を開いたところ、いきなり異次元空間モードに引きずり込まれました。

というのは、なんとその仲居さんの胴体は自分の寝ている場所から畳2つを挟んでこの部屋の入口の綺麗に磨かれた廊下の上に和服姿でかしこまりながら座っていたのです。

でもこの旅籠の西の部屋の体験を思い出し、やたら首が長くてもとりあえず優しい言葉をかけてくれたから、それはそれで充分ありがたいし、きっとこれも座布団の上で寝ている自分の見ている夢に過ぎないだろうと思ったのです。

そして、部屋に並べた座布団の上にそのまま横たわりながら、人生の憂いを忘れることのできる眠りを再び貪ることにしました。

（7）

今までの疲れからしばし寝入った後、夜中になって旅籠の外が騒がしくなったので目が覚めてしまい、先ほど現れた不可思議な仲居さんのことを思い出しました。

そこで気付いたんですが、自分では座布団から這って行った覚えのない布団に、なぜか包まれて寝ていたのです。実際は夢遊病のように気が付かないまま布団まで這って行ったのかもしれませんが、そういうことを考える能力もなくなっていたわけです。

そして、やっぱりここはワケありの旅籠なんだなと思いつつ、自分の夢だか現実だか分からない世界に現れた美しいお御足の鉄輪の女性や、やたら首の長い優しく囁く艶やかな能面顔の仲居さんのことを思い出した次第です。

しばし面妖で艶やかな仲居さんの思い出に浸っていましたが、真夜中なのに旅籠のこの北向きの部屋の外が妙に騒がしいので、気になってしょうがなくなりました。

なんか酔っ払いの集まりにしてはそれほどうるさくないし、元気のある若い連中がやたらレトロで懐かしい昭和の時代のバイクを改造して肝試しを兼ねた集会を開いているような雰囲気でもないし、新興宗教の集いがこんな仏教の結界で覆われた寺の敷地で開催されるとも思えないし、などと考えながら、その正体を知りたいという奇妙な興味が湧いたのです。

そういうわけで、帳場で言われた「障子を開けて外を見ても西向きの部屋のような危ないことはありません。少しばかりの小銭を用意しておけば、その後熟睡できますよ」という注意事項を思い出し、障子と窓ガラスを開けて外を見てみました。

すると、不思議なことに目の前に映った風景は、たくさんの人間が立っている代わりに何やら先っぽが三角になった棒っ切れがお墓で囲まれた広場にたくさん立っているではないですか。

びっくりして思わず窓から首を出して凝視してみると、それらの棒っ切れは昼間は墓石の後に整列して刺されて直立している卒塔婆だったのです。

昨夜に続いて、あまりにも衝撃的な映像が網膜に映ったので、更にびっくりして思わず窓ガラスと障子をぴしゃっと閉めてしまいました。そして、こんな状態ならまだ残っている酒を飲んで悪夢でも観ていたほうが遥かに心地良いと思い、残りの酒を飲み始めました。

しばらくすると酔いが回って部屋の外のことが気にならなくなりましたが、さっき開けた窓をトントンと叩く音が突然し出しました。

最初は無視していましたが、やたらしつこく叩き続けるため仕方なく障子と窓を開けたところ、びっくりしたことに数本の卒塔婆が窓に向かって列をなして並んでいたのです。

そして、最前列の卒塔婆はかなり朽ち果てたただの細長い木片じゃないかと思ったところ、摩訶不思議なことに、その木片の両側からこの旅籠の仲居さんをやっているろくろっ首と同じようなみずみずしい肌色の細長い2本の手がにょきにょき伸びてきて、手のひらを上側に向けながら、棒っ切れの三角の先端をこちら側に傾けてきました。

それを見て、今日帳場で言われた「小銭を用意しておいてください」という助言を思い出して、なるほどこの卒塔婆はお布施を貰いたがっているんだと自分勝手に解釈して、その時両替した小銭の1つを目の前の卒塔婆の両手に渡したのです。

すると、その卒塔婆は三角の頭を丁寧に下げて両手の指先で何やら不思議な印を結びながら、その板っ切れに書かれているサンスクリット語のようなよく分からないマントラ(mantra)をしばらく唱えて、再度深くお礼をして闇の中に消えていきました。

その後に並んでいた数本の卒塔婆のうち、次の卒塔婆が再び私の前に進んできたため、同じように巾着袋から小銭を取り出してお布施をあげることにしたのです。

というのは、ここで並んでいる数本の卒塔婆にそれぞれ小銭をお布施としてあげればまたとりあえずゆっくり熟睡できるだろうと考え、少しばかりの我慢が必要だなと思ったからです。

しかしながら人生というものは、ちょっとしたきっかけで大きな変化が生じることがあります。

並んでいた列の最後の卒塔婆が自分の目の前に現れた瞬間に、ちょっとした失策をしてしまったわけです。そんでもって、またもや今晩も難儀な一夜となってしまったのです。

その失策というのは、その列の最後に並んでいた卒塔婆はやたら背が高く、私自身は人並みの背丈しかないまま今まで人生を歩んできたことを思い出して羨ましくなり、それに気を取られて小銭のいっぱい入った涅槃巾着袋を部屋の畳にうっかり落としてしまったのです。

そしてその最後の卒塔婆は、この時の私の粗相《そそう》に思わず身を乗り出して例の巾着袋に気が付いたようでした。

そして私の目の前までやってきて、今まで通り肌色の細長い手を伸ばしてお布施を求める代わりに直立して、いきなり卒塔婆の板の真ん中あたりに彼岸花の色のような唇を浮かべて、「申し訳ありませんがしばしお待ちください」と喋り出しました。

いきなり唇が現れたので、また唖然として私も同じく口をぽかんと開けていると、その背の高い卒塔婆は部屋よりちょっと離れた場所でやっている卒塔婆たちの集会に戻ってその中に割って入りました。そしていきなり、よく分からない言葉でペチャクチャ喋り出したのです。

それを見て、なるほど先ほどのうるさい騒音はあのたくさんの卒塔婆たちが寄り集まってさっきのような彼岸花の唇を開いたり閉じたりして喋っていたから五月蠅《うるさ》かったんだと納得しました。

（8）

その後、そこで集会を開いていた卒塔婆たちがその背の高いどうもリーダーらしき卒塔婆を筆頭に、泊まり部屋の窓に向かってぴょんぴょん飛び跳ねながら一斉に近づいてきたのです。

それから列をなして並び直し始めました、並び順で何か揉めているらしく、みんな同じような高さで厚みのある平らな棒っ切れでしたが、昼間自分たちが刺さっている塔婆立てでそれぞれが囲む墓石の戒名を相手と比較し合っているような感じがして、この闇夜の世界もヒエラルキー（hierarchy）に支配されているんだな、とちょっと頭で考えていた後に、再び目の前の光景を見ると、唖然としました。

なんと、すぐには数え切れないたくさんの卒塔婆たちがまるで街のテーマパークの人気アトラクションに並ぶ人間たちのように、間隔を狭めて列をなして闇夜の奥まで一列に並んでいたのです。

そして、先頭のさっきのやたら背の高い卒塔婆がいきなり例の彼岸花の色の唇を棒っ切れから突き出して、「お待たせしました」と申し訳なさそうに謝りながら、肌色のにょろにょろした両手を伸ばしてお布施を要求してきました。

すでにかなり酔いが回っていたためか、その光景を見てこの最前列の卒塔婆を思いっきり後ろに突き倒したら列の初めあたりは次々にドミノ倒しのように倒れていって、その後に続く卒塔婆は慌てて逃げ帰り、現状抱えている問題があっという間に解決してゆっくり熟睡できそうだと絶妙な解決策が思いつきました。その瞬間、思わず「ユリイカ!!（Eureka!!）」と心の中で叫びました。

そしてその後、記憶は定かではないのですが、たしか最前列の卒塔婆の両手に巾着袋ごと渡しながら、「さっさとみんな先ほどの広場に帰って、小銭を適当に分けてくれ」と言いながら、その卒塔婆の頭を広場に向かってとりあえず軽く手で押し返したのです。

その時は、目の前の卒塔婆たちにお布施を巾着袋ごと渡して一刻も早くみんなさっさとお引き取りいただこうと思ったためか、軽く押したつもりだったのですが、酔いも手伝って意外と力が入っていたのかもしれません。

それで何せその最前列の卒塔婆は背が高く、また全体が板状で平らに出来ているせいか、ちょっとした力で押したつもりが予想外にいきなり勢いよく後ろに倒れてしまいました。

まずいな、卒塔婆の頭ではなく胴体の部分を押しておけばさほど勢いよく倒れなかったのかもしれないけど、背丈が高いのでちょっとした力でも頭の部分を押したためにモーメントが働きすぎたのかな、となんとか酔っ払いながら考えつつ、目の前の光景を見て更にびっくりしたのです。

というのは、最前列の卒塔婆が倒れると同時に、目の前で本当にドミノ倒しのように後ろに闇の彼方まで数え切れないほど並んでいる卒塔婆たちがまたたく間に後ろに倒れていったのです。

そして倒れる瞬間、全ての卒塔婆たちが彼岸花の色の唇を思いっきり開いてギャーとかいう断末魔のような叫び声を上げて、順々に後ろに重なっていきました。

それを見て、まずいことになったと思いましたが、とりあえずたくさんの小銭をお布施としてまとめてあげたので、まあなんとか許してもらえるだろうと考え直し、部屋の窓と障子をしっかり閉めて布団をかぶってたぬき寝入りしているうちに、再び熟睡モードとなりました。

その後、何事もなくえらく深く熟睡できたためか、目が覚めた時にぼーっとしながら自分は何時間、何日、何週間、何ヶ月一体眠っていたのか、それとも何年も眠っていたような、錯覚だか現実だか分からない感覚に浸りながら目を醒ましました、

すると不思議なことに、今まで寝ていた部屋には北向きの障子があったはずなのに、起きた部屋は廊下に出入りする襖《ふすま》を除いて全て壁で覆われ、障子が全く見当たらなかったのです。

（9）

目が覚めると、眠りに入る前に泊まっていた部屋と違って窓がなく日の全く当たらない部屋で寝ていたので、思わず廊下に出入りする襖を開けて、どういうことかと帳場に聞きに行きました。

そしてどのような事情なのか問いただしてみると、帳場にいた番頭がまたもや意外なことを言ったのです。

「旦那さん、すみません。長いこと床に伏して何か息もあまりしてなかったようなので、寝る前に神社かお寺の見える窓を再び開けて、この旅籠の周りを徘徊する物《もの》の怪《け》たちを見た途端、心臓発作を起こして死んじゃったのかなと心配になったのです。そういうわけで、お客さんの大切なボディ（body）を蛆虫《うじむし》やゴキブリたちから守るために、この旅籠のスタッフの多くを集めてこの旅籠の最も室温が低くて腐敗しにくいお部屋に布団ごと移動させてもらった次第です。でもこうやって起きてここに来られているから、鬼籍に直行されたわけでもなく、住民票の面倒な書き換えを冥界の役場でやらずに済み、慶んでおります。ところで、今宵も午前零時になったので再チェックインされることになると思いますが、そこの窓のないお部屋にお泊まりいただくことになります。あのお部屋は決してこの旅籠の死体安置所として使われている部屋ではありませんので、ご安心ください」

更に「今宵のお部屋は窓がないので、ここにお泊まりいただいてから続いていた面倒な問題は起こらないのでどうぞご安心ください。ただ些細なことですが、事前に告知しておかないとその部屋で二度と起き上がれないままお泊まりのお客さんからクレームが来たこともあったので、ご説明いたしましょうか」と言われたので、「些細なことなら今までのおぞましい体験に比べて取るに足らない程度だろうから話してくれ」と頼みました。

すると帳場のスタッフから「今晩、その部屋の隣の大広間で集会が開かれる予定ですが、襖はきちんと閉めた状態で開催されますので、北のお部屋のような騒音で悩まされることはありません。ただし集会の前に参加者たちが一斉にその廊下を歩くので、その音が耳障りになるかもしれませんが、おそらくさほど気にならない程度だと思いますのでご安心ください」という答えを貰いました。

「そんな、あそこの大広間で開かれるほどの集会の参加者たちが真夜中にゾロゾロ廊下を歩いたらうるさくてまた眠れなくなるじゃないか」とそのスタッフに文句を言ったところ、「ご安心ください。かすかな音が少しの時間だけ続いて、その後は防音の壁紙が全面に貼られた大広間での集会ですから、音がお客さんのお泊まり部屋に響いてご迷惑をおかけすることもありません」という答えでした。

仕方がないので、人間の一生というものは運命に逆らえば逆らうほど沼の中に引きずり込まれていくものだから、諦めてまた一泊するしかないと思い、それを告げてその部屋に戻ることにしました。そしてその帳場のスタッフに背を向けて歩き出した途端、スタッフが慌てていつもの告知事項を言いに来たのです。

それは、「旦那さん、そのわずかなシャカシャカ音がしても多分目が覚めることはないと思いますが、万が一目が覚めてもその廊下を仕切る襖を開けないほうがよいと思います」ということでした。

半ばヤケになり、そんなことはどうでもよく思い、帳場に戻って自動販売機でビールとハイボールの500ミリリットル缶を何本も買って部屋に戻ることにしたのです。

そして部屋でパソコンをネットにつないで、酒を飲みながらこの不思議な旅に出る前の世の中は今どうなっているか知りたくなり、ネットの接続環境について自動販売機から部屋に戻りがけついでにスタッフに聞いてみたのです。

するとスタッフは「この旅籠のネット環境は完璧に整備されております。鬼籍に入られ冥界の新たな住人となった人たちの個人情報を、生前とは違って特別に検索して詳細に知ることができます。それ以外の情報は見ることができませんが、旦那さんもこの旅籠のネットサービスをご利用いただければ満足してもらえると思います。ちなみに旦那様の現状の個人情報についても、ひょっとしたら知ることができるかもしれません」とのことでした。

その答えにいきなり眩暈《めまい》がして、その場に倒れそうになったわけですが、なんとなく二日酔い気味で調子が悪かったので、自動販売機の大きな口から出てくるアルコール缶を迎え酒にして、もう一度眠り込んで夢の世界でも見ていたほうがよっぽどいいやと思いながら、その今宵の泊まり部屋に戻ろうと考えたのです。

（10）

帳場の近くにはちょっと話しかけてみたかったやたら不気味で綺麗な仲居さんも近くにい

なかったので、先ほどの窓のない泊まり部屋に戻って、酒を飲みながらこの旅籠の奇妙なネット環境とやらを試してみることにしました。

　そしてノートパソコンを使ってネットにつないでみると個人情報を入力する名前の入力画面が出てきたので、鬼籍に入った知り合いの情報を見てみたところ、連中の冥界の行き先といろんな現状報告がいきなり表示されてびっくりでした。

　だけど落ち着いて見てみると、その行き先のタイトルとしていきなり「六道」の表示の後に赤い字で「地獄」やら「畜生」やら「修羅」などの垂れ幕が画面に映ったので、そういえばあいつらも一応仏教徒だったし、まあ現世の行いを思い出してみるとしょうがないかなと考えた次第です。

　中には蓮の花が咲く池から吊り下げられた蜘蛛の糸を必死によじ登って現世に戻ろうとした途端、煩悩の重みから糸が切れて血の池地獄に再び落ちてしまった知り合いの畜生野郎の現状も知ることができ、何かえらく有名な短編小説を思い出して思わず失笑してしまいました。

　こんなことをやっていると妙な好奇心が湧いてくるもので、最後に試しに自分の名前を入れてみたのです。すると「現在緊急準備中、もうすぐ住民票を発行予定です。冥界の行政サービス向上のために整理券をお配りしております。皆様におかれましてはゆったりとお休みいただけるよう心掛けております。発行手続の際は私たちがお声掛けいたしますので、安心して寛ぎながらしばしお待ちください」という鮮血の文字が漆黒の闇の画面に浮き上がってきたので、びっくりしてパソコンの画面を思いっきり閉じてしまいました。

そして帳場で言われたこととまたしても違うじゃないかとブツブツ独り言を言いながら、やけくそになって布団をかぶって夢の世界の住人になることにしたのです。

しばらくするとうまく夢の映画館に入り込むことができたのですが、その巨大スクリーンには自分がこの旅籠に辿り着くまでの人生の映像が走馬灯のように繰り返し映し出され、何度もその時の状況を五感で実感しながら思い出しつつ、その4D実体験体感型走馬灯劇場にて延々と繰り返される、やたらリアルな覚醒夢（明晰夢：lucid dream）を見続けました。

そこでふと諦めモードで考えました。自分は超人でも高人でもないし猿でもない宙ぶらりんの凡人だから、電子スピンのような永劫回帰には耐えられない。せめてこの奇妙な旅籠でもいいから毎朝生きて目を覚ましたいと思った途端、瞼が開いておそらくここで寝ていたであろう、いろんな人たちの顔に似た染みがついた天井がいきなり目に入ってきたのです。

ひょっとしてこの部屋は帳場のスタッフの言うことと違って、実は泊まり客たちが最期に泊まる部屋なんじゃないかなと思わず勘ぐりながら、天井の無数のいろんな顔の染みを見ていると、いきなり例の廊下のカサカサ音がし出しました。

帳場で言われた通りそれほど気にならないし、最初は今までのこともあり今宵はゾンビが列をなして足を引きずりながら廊下を歩いているのかと恐れおののきましたが、このカサカサ音のデジベル（dB）程度ならばそれはないだろうと確信しました。しかしながらその廊下を歩いていく正体はなんなんだろうといわゆる好奇心という煩悩に諍《あらが》えず、どうしても襖をかすかに開けて見てみたくなったのです。

しかし、襖を開ける直前に考えたのです。それは、このカサカサ音の正体はひょっとしたら茶色く平べったい虫（bug）かもしれない。それも特大の大きさの虫たちが廊下を覆うように一斉に歩いているのかもしれない。そういうわけでこの廊下はいつも磨かれて明るい茶色のつるつるした平べったい綺麗な和風のフローリングだったけど、今襖を開けてみると街の下水道のドブの流れのような焦げ茶でテカテカした無数のGたちが微妙に隆起しながら流れ動いていく焦げ茶色の有機カーペットになっているのかもしれない。というぞっとする光景の予想でした。

そのため、襖を開けた途端にこの部屋にいきなり一部がなだれ込んできて、この綺麗な畳も全面テカテカの焦げ茶色で蠢くカーペットになるのではないかという恐怖心が芽生えて、思考回路が一瞬フリーズしてしまいました。そういうわけで、これから開けようとする襖の下側を座布団で何重にも押さえて侵入を食い止める防虫堤対策を取りました。そして、覚悟を決めて襖をわずかに開けてみたのです。

ところで、ちょっとニュアンスが違うというか全く逆さまという感じかもしれませんが、「幽霊の正体見たり枯れ尾花」という諺もありますが、まぁ実際のところ、予想外の展開となったのです。

つまり、誘惑に諍えず襖をわずかに開けてその隙間から廊下を見ると、一面焦げ茶色となっているだろうという予想と違い、一面真っ白な世界になっていました。またまたびっくりしたので目をこらしてよく見ると、高さ10センチ程度の人形《ひとがた》に切り取られた数え切れないくらいの紙切れが見事に整列して、独裁政権の軍隊のごとく行進しながら入口の襖が全開になった大広間に向かっていたのです。

そういうわけで、思わず慌てて襖を閉じてしまいました。そして、この妙な軍団の正体は、どうもおそらくこの旅籠のオーナーである謎の陰陽師の操る式神の一団のような気がしました。

そして、いったいこの旅籠はなんなんだろうと思いつつ、いけないことに今度は大広間で開かれる集会をちょっと覗き見したいという衝動が懲りもせず頭の中に現れて、へばり付いて離れなくなったのです。

(11)

旅籠のコミュニティ――

まぁ好奇心というものは、長い人生行路を送る上で若さを保つ重要な心のビタミンだからな。と勝手に変な言い訳を考えて自分に言い聞かせつつ、しばらく様子を見ることにしました。

すると缶ビールやチューハイを更に数本飲み終わったあたりで、またかなり酔っ払い状態になっていましたが、大広間の入口の襖が閉じられたような音がなんとなく聞こえたような気がしたのです。

そして血中アルコール濃度の値もかなりハイボルテージになったこともあり、普段はケツの穴が小さいことをコンプレックスに思い続けていたわけですが、急に豹変して（君子が豹変するわけではなく、単に酔っ払って気が大きくなっただけです）、大広間で開かれている集会を見てみようという行動を起こすことにしました。

この旅籠に来るまでは、いつも石の橋を数え切れないくらい叩いてみた後に結局渡らない人生を送ってきたわけですが、この不思議な旅籠に泊まるようになって、もう人生なんて所詮夢か現実か分かんないんだから、今まで生きているのに地に足が付いていなかったけど今宵はフルスロットル気分であの大広間の集会の内容を見てやろうと、エチルアルコールの燃料で体と心がいきなりプロテイン充填状態のようにハイレベルに達したのです。

その後、先ほどのざわざわ音はすっかりなくなり丑三つ時の静けさに戻ったため、おそらくあの防音設備の整った大広間で集会が始まったに違いないと思い、酔っ払って千鳥足になりながら自分では慎重な抜き足差し足の足取りのつもりで、廊下で転ぶことなく大広間の入口の襖までなんとか歩いて辿り着きました。

そして襖をかすかに開けてどんな集会が行われているのか見てみようと思い、襖にそっと指をかけた瞬間、いきなりその襖が全開してしまったのです。

一瞬焦ってパニック状態になってしまいましたが、その紙人形が出入りできるためには襖を紙人形が触った程度で開かなきゃいけないだろうから、紙人形御用達特製の自動ドアの襖だったのかと思いながら大広間の中を見渡しました。

すると、大広間全体に亘って見事に整列した数え切れないくらいの紙人形の集団の姿が見えたのです。そして、上座の床の間に1枚の紙人形が立ち上がって、何かをさかんに演説しているようでした。

実にタイミング悪く私がその襖を開けてしまったがために、数え切れないくらい畳に立ち上がって並んだ紙人形たちが振り返り、一斉にこちらに視線を向けたのです。

びっくりしたことに、紙人形たちは全く同じ形に切られて全く同じ大きさで顔が全く同じで、区別がつきませんでした。

というのは、紙人形の顔にはカタカナの「ハの字」を逆さまにした目と縦棒一本の鼻とカタカナの「への字」の口が全く同じように書かれていたのです。

更にびっくりしたことに、無数の彼らの顔に睨まれて思わず萎縮してしまったわけですが、私がそのままフリーズしたままでいると、彼らがいきなり目の前でズームアップして巨大化し出したのです。そうこうしているうちに、彼らは私の身の丈ほどの大きさまで大きくなったわけですけれど、不思議なことに襖に描かれた龍の絵やら虎の掛け軸やら近くに置いてあった焼き物までも巨大化していったのです。

実は、その直後に気が付いたんですけど、周りが巨大化していったわけではなく、自分が縮小化して紙人形と同じ大きさになっただけだったわけです。

そして、ここまで来るのにやたら重たい体が軽くなったことに気が付きました。不思議に思い、自分の手や足を見ると更にびっくりしたことに、自分も彼らと同じ紙切れと化していたのです。

それが分かって紙人形となった私は、どうでもよいことに遥か昔読んだ『ガリバー旅行記』をなぜかふと思い出しました。

（12）

旅籠の探検――

そういうことで私は有機体の塊から1枚の紙人形となってしまったわけです。

そして思い出しました、この旅籠に来て確か人の姿を見たのは、妖怪ろくろっ首の仲居さんを除いて、西の部屋の障子を開けた時にいきなり見つかって光った両眼で睨まれ、その直後に私を襲いに来た鉄輪の女子《おなご》だけだったのです。

そういえばいつも帳場には人の姿が見えず、その帳場の机の上にさっき見たような紙人形が1枚立てかけっぱなしだったけど、実際は奴がいつも私の対応に当たっていたのだな、と今ふと思い出して考え合点がいきました。

それで、なるほどそういうことだったのか、この旅籠に泊まった全ての客は紙切れのくせにやけに自信を持ってこっちを睨みつけている形や顔つきが全く同じ紙人形になってしまったわけだと納得した次第です。

というわけで、摩訶不思議な因縁で新しいコミュニティーの一員となったわけですが、紙人形のみんなは全く同じボールペンで書いたような顔で私を睨みつけるだけで何も喋らないので、まあ新入りだからしょうがないかなと思い、大広間を後にして先ほど寝ていた窓のない和室に戻ることにしました。

だけどびっくりしたことに、その部屋に戻るまでに来る時と違って、数百歩歩いてもまだ5分の1程度までしか進んでいなかったのです。よくよく考えると、自分が小さい紙人形になってしまったから仕方がなかったのですが。

そして、まあ1枚の紙切れで生きていくことになったおかげで、今までメタボ体型で慌てて歩くといきなり動悸がし出してパニックっていたけれど、体重があるんだかないんだか分からない紙切れになって、何百歩歩いても今までの肉体的苦痛を感じなくて済むことに気が付きました。

そういうわけで、時間なんかどうでもよくなっていくらでも歩けそうな自信に満ち溢れて、何か今までの人生の中で感じたことのない、肉体的苦痛から解放されたアタラクシア風の囚われのない清々しい気持ちになったのです。

そしてずいぶん長い時間をかけてその和室に戻ったんですけれど、予想通りあんまり疲れていなかったのです。

だけど今までの人生の経験と記憶から、これだけ歩いたら絶対疲れているだろうという思い込みが頭に浮かんで、とりあえず部屋の中で休める場所を探すことにしました。

部屋のど真ん中で横になってぐーぐー寝ようと思いましたが、なにせ紙切れになってしまったわけでいつか現れたろくろっ首の仲居さんが部屋を掃除に来て紙ゴミだと思って捨ててしまわれる恐れがあることが心配でしょうがなくなってきたのです。

だけど今までの人間の形と違って、なにせ体が紙1枚の厚さの紙切れになったのを思い出し、とりあえず周りを見回してみると、なぜかこの和風の旅籠の床の間の隅に聖書が置いてあるのに気が付きました。

そこで、その中の真ん中辺りのページに入り込んで本の栞《しおり》となって隠れながら寝ることにしました。

眠りの世界に引き込まれる時に、もしもろくろっ首さんが来てもあの首の長さでは街の教会にも行ったこともないだろうし、さすがにこの聖書を見ただけで西洋妖怪が慌てて部屋から逃げ出すまではいかないまでも、うまいこと気付かれずに済むかもしれないと考えたのです。

というのは、自分が栞代わりとなっている本をろくろっ首さんが見た途端、街の工場に設置された曲率座標型ロボットのようにいきなり首を180度反対側に回転させて、この旅籠の横のお寺のほうを見ながら手を合わせるだろうから、彼女に見つかって化粧落としの紙代わりに使われることもないだろうと思いました。

そして、厚みがない紙切れになった私にとって本の重さは全く気にならなくなり、熟睡できたのです。

翌日、ずいぶん早く目が覚めたので、その本の間から軽やかに抜け出して旅籠の中を探検してみることにしました。

なにせ、今まで大きな人間であった頃に気が付かず踏み潰していたであろう蟻の数倍程度の速さでしか歩けないため、大変時間がかかりましたが、体が紙切れになったため疲れ知らずで何時間も何日も歩くことができたわけです。だけど不思議なことに、あの晩見た数え切れないくらいの紙人形と出会うことはありませんでした。

そしてしばらく歩いた後、街で暮らしていた時は毎晩寝ていたのでたまには寝ないといけないかと、習慣的な呪縛からいろいろ寝場所を探して寝ることにしました。

この旅籠の各部屋は摩訶不思議な作りになっていて、それぞれの部屋に置いてある本の種類が違ったり、神棚だけがある部屋とか仏壇だけがある部屋とか、各部屋の趣が違ったりしていたのです。

そういうわけで意外とそれも楽しむことができ、街で毎日勤め人として労働時間の奴隷となっていた上に冷や飯を食わされていた頃の苦々しい思い出を消し去り、大人になってから忘れていた好奇心というスイーツ（sweets）を遥かに美味しく食べることができて、お腹いっぱい満腹状態、幸せ絶好調という感じになったのです。

そして例のろくろっ首や鉄輪の女性が近づいた時のＰＴＳＤから逃れるために、仏壇のある部屋に入り込み、そこに置いてある般若心経や観音教の書かれている本の間に挿し入って休んでみたり、神棚がある部屋では窓を照らすお天道様の光の輻射熱でいきなり暑くなった時の部屋の上昇気流を利用して、天井近くの神棚まで浮いていき、その神棚の特別な部屋の中に入り込んでしばし熟睡してみたりしました。

というわけで、自分の体が1枚の人形《ひとがた》の紙切れになってしまったことを意外と楽しんでいたわけです。

ついでに言うと、なにせ紙切れになってしまったので、持っていた腕時計も今や自分と等身大になってしまったため着けることができず、今何月何日だか、何時何分だかよく分からなくなって、どうでもいいという思いになったことも良かったのではないかと感じました。

つまり自分という概念の中から全ての存在が今現在の瞬間しかありえず、過去や未来の概念が消え去って、過去のことを思い出して後悔の重い足枷が離れなくなって苦しむこともなく、これから本当に起こるかどうか分からない未来のことを想像して自分の心臓を思いっきり握りしめることもなくなったわけです。

不思議な縁で、意外とこの奇妙な旅籠に泊まって自分は人形《ひとがた》の紙切れになってしまったわけですが、今までの自分に取り付いていた人の目とか見栄とか世間体とかの形をして、入れ替わり立ち替わり現れる浮遊霊だか地縛霊だかよく分かりませんけど、自分が紙切れになった瞬間に、その類のものがいなくなってしまったのかもしれません。

こんなわけで紙人形は不思議と嬉しくなって、目の前に誰もいないのにみんなに思わず質問してみたくなりました。その質問というのは、次のようなものだったのです。

「このような次第で、今晩はどの部屋で寝ようか自分は贅沢な悩みを抱えています。ところであなたは、何のしがらみもなく毎晩自由に変えることができる寝り部屋はお持ちですか？」

（13）

この旅籠に誰も現れないことが何日も続いたので、今日はちょっとしたリラックスモードになり、風流な鹿威《ししおどし》の音が聞こえるお気に入りの和室に行って畳の上で大の字になってシエスタ（siesta）をしばし楽しむことにしました。

気持ち良くうたた寝していると夢の世界の沼に引きずり込まれていき、気が付くと自分の子供時代に戻っていました。そして、お小遣いを貯めて本屋で買ってきた念願だったカラー昆虫図鑑の本を開いている自分を思い出したのです。

ついでに、その時たまたま開いているページが目に浮かびました、そのページに現れたのは見事なまでに描かれたカミキリムシでした。

そしてその時自分はまだ子供だったので、こんな虫には興味がなくクワガタやカブトムシのイラストが載っているページを必死で探していたわけですが、この夢を見た今現在では頭の中の事情が急に変わってきたのです。

それは自分が紙切れと化した次第で、いきなりカミキリムシのイラストを見て何か前世において人間で生きているまま最後に斧だかチェーンソーだか忘れましたが、馬鹿でかい道具で体中を切り刻まれてしまったような輪廻の記憶の映像が夢の続きのチャプター2というサブタイトルと共に目の前いっぱいに現れた光景でした。

それに続いてカミキリムシがこの部屋に入ってきて、旅籠の外に生えているカミキリムシの好物の小さな枝や草とかが無い憂さ晴らしをするために、人形《ひとがた》の紙切れが落ちているのに気が付いて、いきなり突進してくる夢でした。

そういうわけでいきなり目が覚めてしまい、慌ててこの和室の隅っこに置いてあった般若心経のお経本の中に潜り込んで寝ることにしました。それでとりあえず熟睡できたわけです。

なんで熟睡できたかってご質問が出そうですが、その例の昆虫大図鑑を買った後に何年か経って小学校高学年になって難しい本が読めるようになり、小泉八雲（ラフカディオ・ハーン）が書いた「耳なし芳一」の話を思い出し、般若心経の中に完全に隠れていれば耳も切り取られることなく熟睡できるだろうと思ったからです。

それで安心して熟睡した後に紙切れ1枚となったおかげで悪夢の記憶も残ることなく、爽やかな目覚めを迎えることができました。

そしてお経本のページの間から抜け出して、なぜか誰もいない旅籠の中を探検して誰かを見つけてやろうと意気込み、閉まった襖の間をすり抜けて廊下を歩き出しました。

この旅籠のいろんな泊まり部屋を見て回って誰もいなかったけれど、うっかりしたことに厨房を見るのを忘れていることに気付いたのです。

そして今日も泊まり客はおろか紙人形もろくろっ首も見かけず誰かいる気配もないので、厨房に行っても誰もいないだろうとあまり期待しないまま向かいました。

（14）

そういうわけで紙切れになった役得で、その旅籠の厨房の扉を開くことなく、その隙間から厨房の中に入り込んでみましたが、残念ながらというか予想通りというか、厨房の中にはこの旅籠の料理人や例の紙人形の奴らは見当たりませんでした。

そしてここに来て昔人間やっていた時だったらお腹が減って形相《ぎょうそう》を変えてあたり構わず食べ物を探し回っただろうに、今では紙切れになったので食べる必要もなくそんな煩悩の食欲とおさらばできて意外とよかったのかもしれないと思いつつ、厨房を一周してから泊まり部屋に戻ることにしました。

ところが厨房の一番奥あたりを歩いていると、変なカサカサ音が聞こえたので、なんだろうと思って耳を澄ましてみると、びっくりしたことに平べったくて馬鹿でかく高さも自分の腰ほどありそうなテカテカ焦げ茶色の昆虫型移動式装甲車両がすごい勢いで目の前を通り過ぎたのです。

その後、昆虫型移動式装甲車両は私のほうに向きを変え、その車両の先端から不気味に伸びる2本のレーザーセンサーみたいな細長い触角を絶え間なく動かしながら、今にもこちらに突進しそうな雰囲気でした。

厨房に来たつもりが、ひょっとして何か不思議なSF映画でよく見る巨大な昆虫型兵器の大群の攻撃を浴びせられる惑星に来てしまったのかとふと錯覚しましたが、その昆虫型移動式装甲車両をよくよく見ると、自分がかつて住んでいた自宅の台所に夜中に現れて思わずパニックになり新聞紙を丸めて潰していた例の焦げ茶色の馬鹿でかくおぞましい虫（bug）でした。

その正体に気が付いたと同時に、自分に向きを合わせている昆虫型移動式装甲車両が2本の触角をせわしなく動かしながらいきなり突進してきたのです。

なんとか頑張って逃げて体ごと轢かれずに済みましたが、昔は紙で出来た新聞で粛清していたのに、何ということだと自分の運命を呪いながら慌てて厨房の入口のドアの隙間から外に逃げ出しました。

厨房の中のざわざわ音がいきなり大きくなったので、多分そのうちの1台があの触覚の無線で仲間に告げて一斉に何十台何百台も厨房の入口のドアに向かってきたんだろうと思ったのです。

だけどそのドアは紙1枚の厚さがすり抜けるだけの隙間しかなく、子供の頃見たテカテカ光ったイナゴの佃煮よりも何百倍もおぞましい平べったい茶色の大群が押し寄せてくる災難から逃げ出すことができました。

そういうわけで自分が人間から紙人形になってしまったありがたさをつくづく噛みしめた次第です。


このような経緯で、紙人形になった途端に過去の嫌な記憶やこれに基づく後悔先に立たずの「後悔」や、未来に起こるであるかどうかよく分からない「杞憂」の類の心配事で脳みその中の神経細胞の軸索やシナプスを伝わる思考回路がいつもの悩みの無限ループに入り込むことなく、心の中も煩わされずに、生きているということはその瞬間でしか存在し得ないという新しい世界（ニューワールド）の住人に仲間入りしたことを身をもって知りました。

（15）

紙人形はついこの前まで人間やっていたにもかかわらず、今や頭の部分も紙切れ1枚になったので、先ほど説明したように過去や未来の余分なことを後悔したり心配したりできない脳みそのキャパシティーとなったわけです。

そしてそれが幸いしてか、先ほどの厨房の普通であったらおぞましい光景でPTSDに悩まされそうな記憶が、紙切れの頭の中に棲みついてウイルスのように増殖していくことなく、軽やかな足取りで一番お気に入りの和室に向かって戻りました。

そして、廊下に面した和室の襖の紙1枚をすり抜けることができるわずかな隙間を通って泊まり部屋の中に入りました。

それでこれなら厨房の出入り口の扉とこの和室の襖の隙間が紙切れしか通り抜けることができないから、あの厨房の中にいた昆虫型移動式装甲車両だかの大群が押し寄せてこの和室に入ってくることは絶対ないだろうと思った途端、そのおぞましい記憶もすっかり消え去ってしまい、安心立命《あんじんりゅうめい》の世界に浸りました。

　すると急に視界が広がって和室の片隅に放置されっぱなしになっていたぐい呑みの中に日本酒らしきものが少しばかり残っていることに気が付いたのです。

　そこであまりの解放感で飲もうとしましたが、なにせ口がボールペンでへの字に書かれているだけなので口を開けて飲むことができません。そこで一計を講じて紙切れになった自分の頭をUの字形に曲げてぐい呑みの中に突っ込んでみました。

　するとどうでしょう。今まで人間やっていた時と違って、わざわざ口から飲み込み消化器官で吸収されて血液で運ばれてやっと脳みそに到着して酔っ払い始めていたまだるっこしいプロセスを経ることなく、ぐい呑みに残っていた酒がいきなり紙で出来た自分の頭全体に毛細管現象か何かであっという間に染み渡りました。

　そして自分はこの世界の神々の一員であるという気分になって怖いものがなくなり、その和室の中央で思わず大の字になり寝込んでしまったのです。

　しばし眠りに就いている間、ニューワールドの住人になったおかげで、あのおぞましい昆虫型移動式装甲車両が厨房の中で蠢いている記憶の悪夢を見ることなく熟睡できました。

　だけどなかなかアルコールが抜けないのでなぜだろうと考えていると、確か今は梅雨明け近くだからか頻繁に豪雨に見舞われる湿度の高い時期だったような気がしてきました。

そして飽和水蒸気量の関係か、アルコールを含んだ水分が蒸発せずに紙で出来た体に広まっていたため、トイレに行きたくなり眠りが浅くなって再び悪夢にうなされるようになってしまったのです。

というのは、紙人形として紙切れになったために人間やってた頃に苦しめられた過去の記憶は消え去ったのですが、その同じく「紙」という材質で出来た本からさっきと同じように浮かび上がった悪夢でした。

その夢は、またもや自分が小学校低学年の頃にお小遣いを貯めて買った昆虫大図鑑のページを初めて開いた時の風景でした。そこにはカラーで馬鹿でかいカミキリムシとやらが載っていましたが、その時は小学校で何が何でも昆虫博士と言われたくて、思わずそのページを閉じて、クワガタやカブトムシが載っている大切なページを探したことを再び思い出したのです。

しかし今、そのページの馬鹿でかいカミキリムシのカラーイラストが頭のイメージの中でさっきと同じように巨大化していって紙人形と悪縁で結ばれた天敵となり、紙人形の頭に頻繁に浮かぶようになったのです。そして、先ほど慌てて逃げ帰ってきた焦げ茶色の昆虫型移動式装甲車両より遥かに恐ろしく思えてきたのです。

どうもそのカミキリムシの鮮明なイメージは紙人形の薄っぺらい紙の頭の中に残っていた末那識とか阿頼耶識とか集合的無意識の類に棲み着いていて、タイミング良く灰の中からフェニックスのように蘇ってきたようです。

そういう次第で、紙人形は自分が紙切れになったためにそのカミキリムシが茶色くテカテカ光った昆虫型移動式装甲車両よりもよっぽど怖い存在であることに愕然として、乾燥して酒と水分が紙から蒸発するどころか体中汗びっしょりになってしまい、紙で出来た体中がグチョグチョになって畳にへばりついて今まで通り軽やかに動くことができなくなってしまいました。

そして仕方がないので観念して再び眠ることにしました。すると更に恐ろしい悪夢を見たのです。それは輪廻の世界の前世の夢でした。その内容というのは、何やら前世の自分の最期に見た光景でした。それはちょっと前も見たような気がするデジャヴ（既視感）を伴いましたが、それよりも更に明晰な夢でした。

それは私の目の前に頭から紙袋をすっぽりかぶって両眼のところだけ指先を通して開けた小さな穴の奥から白目を真っ赤に充血させた前世の処刑人でした。そしてその処刑人は右手で馬鹿でかい斧を上下に振りかざし、左手でけたたましい音を立てるチェーンソーを握りしめて近づいてきたのです。

それで思わず逃げようとしたのですが、メタボ体型で体が敏捷に動かず逃げ切ることができないまま、屠殺場で解体される家畜のように体中が全てバラバラにされてしまったわけです。

その時、頭だけがコロコロ床を転がりながら最期になんとか目玉と結び付いていた脳みその記憶に刻み込まれた光景が映ったのです。それは今まで脳髄から指令を出して自由自在に動かしていた自分自身から切り離されて、その場に散らばる解体され変わり果てたバラバラの多数の肉片でした。

それでもって今回やたらリアルな夢であったカミキリムシの映像が浮かび、切る髪がなくなったカミキリムシが今度は紙人形となった自分のところにやって来てバラバラに切り刻んでしまうのではないかと思ったわけです。

ということで、「紙」という材質になってしまったことから、皮肉なことに実体験ではなく単に子供の頃偶然開いた昆虫図鑑のイラストが時空間を超えてタイムマシンとなり、前世の記憶を引きずりながら強烈な強迫観念となって何度も自分を襲ってきたのです。

(16)

そこで、おぞましい輪廻の呪縛から解放されるべく、汗でびしょ濡れになった紙っ切れの体を引きずりながら、床の間の般若心経のお経本の中に再び入り込みました、

完全に入り込むにはかなり難儀でしたが、少しでも体の一部がお経本からはみ出しているとカミキリムシが近寄ってきて、髪がない代わりに紙で出来た自分の体を食いちぎっていくに違いないという自分勝手に決めつけた思い込みから（なんかさっき話したようにラフカディオ・ハーンの小説を連想させるところはありますが）、最後は火事場の馬鹿力で尺取虫《しゃくとりむし》のようにあんまりやったこともない蠕動運動によって慌てて移動して本の中に身を隠したわけです。

しばらくすると、お経本に挟まれたおかげで、ありがたいことに自分の体中（紙中）に染み渡ったなかなか抜けないアルコールやグチョグチョの汗の水分をお経が書かれた和紙が全部吸い取ってくれました。そして、トイレにも行くことなくやっと熟睡することができたの

です。

しばし爆睡状態の昼寝を楽しむことができた後に、体も湿気がない元通りの軽やかな紙に戻ったことが実感できたので、これならカミキリムシが現れてもすかさず宙に浮いて軽くいなすことができるだろうと思い、お経本の中から外に出てこの和室にカミキリムシが待ち構えていないかどうか念のため目を凝らして慎重に調べました。

でもこの旅籠は実のところ、人間関係ならぬ虫関係では厨房にひしめいている焦げ茶色でやたら細長い2本のせわしなく動かし続ける触角センサーを持った昆虫型移動式装甲車両が仕切っていたわけで、カミキリムシがこの旅籠に入ることはシマ荒らしになり、仁義に反するということでありえなかったわけです。つまり、結局は紙人形にとって輪廻の記憶を伴うその心配事はいわゆる『杞憂』の類だったのです。

紙人形はカミキリムシがいないことを確認して安心し、今度は泊まり部屋の畳の中央で大の字になり、思いっきり手足を伸ばしたり首を左右に曲げたりしてお経本に挟まれてちょっと窮屈であった体のコリを取りました。そしたら、紙で出来ているにもかかわらず体中の筋肉がリラックスして心地良いうたた寝状態となってしまいました。

するとどうでしょう、自分が紙切れになったおかげで昔たまに夢で見た人間のまま空を飛んでいく風景とか、ハンググライダーに乗り軽やかに飛んでいる最中を鳥人間自ら写したライブ映像とかに自分が染み込み、昔漫画でよく見た一反もめんみたいになって宙を自在に舞いながら、様々な景色を上空から眺め続けることができたのです。

紙っ切れになると飛行機みたいに燃料を必要とすることなく風に乗って永遠に飛び続けることができるんだと思った瞬間、「お呼びがかかっているんで起きてください」という声が聞こえて思わず目が覚めました。

そして目の前を見ると、自分と全く同じ紙人形が立っていたのです。

あの例の大広間の謎の集会以降初めて見た紙人形だったので、ここにいてどのくらい経ったのかと聞いてみると、其奴《そやつ》は次のように答えました。

「それは私のあずかり知らぬところです。まぁとりあえず言えることは、私がこの旅籠に泊まった次のお客さんがあなただったわけですけれど、私が泊まった時からもうかれこれ2、3年経っているような気がします。何せあなたと同じようにこの旅籠に泊まった後にこんな紙人形になってしまって、愛用していたチタン合金の腕時計も手首に嵌めることができないため時間が分からないので、この旅籠のあちらこちらにある掛け時計を見てみるのですが、その瞬間になぜか時計自体が壁に掛けられた無機質な表情の能面に変わってしまい、結局日時が一向に分からないのです」

それを聞いて、ちょっとアンビリーバブル（unbelievable）な気分になって、その壁に掛かっているはずの時計を見てみると、やはり同じように壁に掛けられた般若のお面に急に変化して紙人形を睨みつけました。

そういうわけで、自分が人生の一本の時間軸の時系列概念の綱渡りをやっている中でどこにいるのかいきなり現れた紙人形が言うように、やはりよく分かりませんでした。

そんなことを考えていると、目の前の自分と同じ紙人形が話し始めました。

「まぁお客さんは新入りだけど、何十年かぶりに特別にお呼びがかかったみたいなので、前世の功徳があったのかもしれません」

そして言いました。

「何の因果か、紙人形となったあなたと同じく紙人形になってしまった私が案内しますので、ここの旅籠のゲストハウスまで急いでついて来てください」

それで、仕方がなく言われるままに其奴についていて行くことにしたのです。

(17)

そういうわけで、そのガイド役の紙人形について行くと、旅籠の階段を上って2階の廊下を歩いて何の電気もついていないえらく薄暗い泊まり部屋の前で其奴は立ち止まりました。それで同じく立ち止まってこの旅籠での目の前の泊まり部屋の位置関係を考えてみると、いつか泊まったこの旅籠のお薦めの角部屋のちょうど真上であることに気が付いたのです。つまり例の惨劇が起きてたまに赤い雨のスコールで泊まり部屋全体が鮮やかな血糊の赤一色に塗られる下の角部屋の真上の布団部屋だったわけです。

それを思い出した瞬間、紙で出来た体中が鳥肌立ったわけです。そしてチキン（chicken）状態となってフリーズ（freeze）したまま、その部屋の前の廊下で佇《たたず》んでいると、部屋の奥から「早く顔を見せんかい」という今まで生きてきたうちで聞いたこともない摩訶不思議な声、いや声という音ではなく自分の頭の中の脳波を強制的に操るような不思議なエネルギーが私の頭の中に響き渡ったのです。

そういうわけで、まるで催眠術にかかったように紙人形を操る伝播誘導指令に従い、目の前の襖のわずかな隙間をすり抜けて、そのおぞましい布団部屋に入って行ったのです。部屋の中に入ると、噂通り部屋中天井に達するまで数え切れない布団が積み上げられていました。そしてその中の積み上げられた布団のうち、一番奥の場所に積み上げられている何十枚もの布団だけが見事に深紅のまだら模様になぜか染め上げられていたことが気になりましたが、その理由を考える暇もなく、またもや「早く来んかい」というお呼びがかかったのです。

それで、その呼びつけられた場所にどうやって辿り着くか必死に考えました、

そして綺麗に整列しながら積み上げられている布団の列の間の隙間をすり抜けて、その声の発信源であろう場所に向かいました。この時もわずかな隙間でも自由にすり抜けることができることに気が付いて、厚みのある肉の塊の人間から薄い紙切れになった運命のありがたみを感じたわけです。

しかしながら、積み上げられた布団の隙間を一生懸命すり抜けて行ってもどこも行き止まりとなって、何時間、何日、何ヶ月、何年？経てもその不思議な音源の目的地に辿り着くことができませんでしたが、またしてもありがたいことに肉人形から紙人形に変化《へんげ》したおかげで時間という概念から解放されて、延々と目的地を探し続けました。

そして、とうとう見つけたのです。天井まで達するように積み上げられた布団のトーテンポールがひしめき合って立ち並ぶ間のわずかな隙間を通り過ぎて、その時点で考えていた最終目的地（Last destination）に達することができたわけです。

その最終目的地は何だったのかということなのですが、とりあえずお話しします。

薄暗い部屋の中を見てみると、この前の話の通り布団が天井に達するまでに積み上げられていましたが、その中の一角に不思議と空間らしきものが見えました。

そしてそこに恐る恐る入ってみると、目の前には座布団が1枚だけ敷いてありました。

でも冷静に考えてみると、昔は人間だったけど今や身長10センチ程度の紙人形ということでこの姿勢では座布団の上のほうはどうなっているのかよく分からなかったので、思いっきり見上げてみたところ思わず卒倒しそうになったのです。

その座布団には、薄暗い和室の中で妖しく光を周囲に放つ金襴豪華なる法衣をまとったお坊さんが微動だにせず結跏趺坐していました。そしてその法衣から見える顔は朽ち果てた人間の骸骨で、袖から伸びて印を結んでいる両腕も、皮膚や筋肉のついていない細く黄ばんだ白樺の枝のような骨だけだったからです。

(18)

更なるニューワールド（新たな出会い）２階の角部屋の住人との会話――

そういうわけでびっくりしてそのまま後ろにひっくり返ってしまったわけですけれど、「早く起きなはれ」というその一見悍《おぞ》ましい両手や顔の見た目と真逆の慈愛に満ちた言葉をかけられたことと、とりあえず天敵のカミキリムシではないことに気付いたので、紙切れになった軽やかな体を反り返して再び瞬時に直立しました。

するとその煌びやかな衣をまとったミイラ（木乃伊）は再び私に話しかけました。

「たしか数年前はこの階下の角部屋で寝ている人生尋ね人のお前に、あっちに積み上げられている赤く染まった布団のトーテンポールがいきなり積乱雲のように更に天井に伸び上がって、スーパーセル（supercell）になって赤い雨のスコールを浴びせたはずだが、赤い色ではなく白い色の紙人形になっているようだから、例の唐傘の助っ人が守ってくれたようだな。よくお礼を言っておいたほうがよいぞ」

しかしながら、例の唐傘くんは紙人形になった後にあの角部屋や他の部屋には立てかけておらず、旅籠の1階の廊下ですれ違うこともなかったことを話すと、その絢爛豪華なミイラは言いました。

「そういえばあいつ、たまたま街に散歩に行ったら、黄色と黒のシマシマの片腕を持った交互に赤く点滅する2つの目玉や、白いバスローブだけをはだけながら着て熱い視線を向けてくれる艶やかなマネキンとかと友達になったらしく、毎晩道具部屋からぴょんぴょん飛び跳ねて出かけて行っているというのを、この周りの斑《まだら》に赤くなったトーテンポールの座布団たちが話していたのを思い出した。トーテンポールは夜中に唐傘がいなくなったので、早く次の尋ね人があの角部屋に泊まってくれないか楽しみにしているらしいけど、かれこれ数年経っても次の客が来ないから深紅のスコールを降らすことができずがっかりしているそうだ。どうだ見てみろ。いつも赤と白のまだら色の座布団が、ほとんど満杯になったダムみたいに真っ赤に染まっているだろう」

それを聞いて紙人形は尋ねました。

「もう私があの角部屋に泊まった晩から数年も経ってしまったのですか」

それを聞いた煌びやかなミイラは答えました。

「よく考えてみな。高さ10センチ程度の紙人形になったら、それまでつけていた腕時計も身につけられないし体の厚みも本の栞《しおり》程度で頭の中のメモリーの記憶容量もほとんどなくなっているだろうから、過去の思い出なんて残ってないだろう。紙になって今までみたいに日にちが過ぎるごとに体が鉛のように重たくなっていくこともないし、生活習慣病の恐怖とビフテキやジューシーハンバーグやこってりスープのラーメンの誘惑との戦いに明け暮れることもなく、今まで背中にへばりついていた煩悩の浮遊霊が飛び去ってしまってずいぶんすっきりしただろう。過去の後悔の蔓草に絡め取られることなく、未来の心配の曇天に毎日覆われることもなく、今日のことしか考えることができない今のお前は、正《まさ》しく即身成仏しているわけだ。即身仏のワシと会話できることがその証拠だ」

（19）

自称即身仏さんを名乗る煌びやかなミイラから聞いた言葉に、紙人形はとりあえず納得しました。

しかし、なぜだか即身仏さんが喋るごとにいきなりボロボロになった歯茎の間から噴き出す見えない空気の塊のせいか、紙になって軽やかな体が後に吹き飛ばされそうになったり、その後の吸い込む空気と一緒に即身仏さんの朽ち果てた顎の中に吸い寄せられそうになったりすることに気が付いて、不思議に思いました。

そして、紙人形は即身仏さんに思い切って尋ねてみました。

「即身仏さんも何か実際に空気を吸ったり吐いたりしてきちんと呼吸しているように見えますが、ちょっと見た目がミイラみたいですけど、本当は生きていらっしゃるのではないのですか。それなら紙人形になる前に生身の人間をやっていた私と毎日数え切れないくらい同じく呼吸をしなければならなかったという点で、お友達となって親しくできそうですけれど」

すると即身仏さんは、口の周囲の顎関節をガタガタ音を立てながら紙人形に言いました。

「ワシは即身仏だから生きているわけがないだろう。勉強不足だな。1階の帳場に戻ってこの旅籠のスタッフに頼んで「即身仏」の定義を広辞苑かなんかで調べてみるといい」

それを言い終わらないうちに、即身仏さんの耳のあたりから小さい蜘蛛がいきなり現れて鼻のほうに向かって動いていき、しまいには鼻の穴の中に入って消えてしまったのです。

それを見てまたもや昆虫が現れたわけで、紙人形はびっくりした次第ですが、更に驚愕したことに、即身仏さんがいきなり胸のスカスカの朽ち果てた肋骨のあたりを膨らませ、背筋を伸ばして頭をわずかに後ろに傾けながら、「ハァ、ハァハァクションｗｗｗ〜〜」と、周囲に積み上げられた布団のトーテンポールも吹き飛ぶくらいのくしゃみをいきなりしました。

紙人形は、即身仏さんとしてはありえないものすごいくしゃみの空気のダウンバースト(downburst)に襲われましたが、すかさず空気の吹き下ろす方向から半身《はんみ》になり、踏んばりながら風向きに対する自分の投影面積を紙の厚さにすることで風圧をかわすことができました。

周りの座布団のトーテンポールは瞬時に動くことができず次々と崩れていったのを見ながら自分が紙になったことで、即身仏さんが起こした異常気象に対してもなんとか持ちこたえて自分の身を守ることができたので、紙切れになった自分の人生行路はめでたい蜘蛛の糸に引っ張られながら良い方向に向かっているんだなと、ポジティブというか脳天気というか瞬間的に紙の厚さしかない頭の中で考えて妙に満足した次第です。

しかし、ほっと一息ついているのも束の間、即身仏さんは言いました。

「どうもこの頃副鼻腔炎とアレルギー性鼻炎が混ざって臨界状態に達している時に限って、この小さい蜘蛛たちは、たまに天井から自分の吐いた糸にぶら下がりながらワシのデコボコの面の上をまるで火星探検隊に出かけて火星の地表を歩き回る探索ロボットのように自由放題に行き来してやられっぱなしだから困るわ」

それを聞いた紙人形はなんともコメントすることができず、しょうがないから「私のお手伝いできることはありますか」と答えました、すると即身仏さんは言いました。

「どこかにこの旅籠がＶＩＰ待遇のワシのために用意してあるこの部屋のちり紙が置いてあるはずだ、それを探してワシの水っ鼻を拭いてくれないか。なければ2階の廊下の突き当たりまで行って共同トイレの個室からロール巻きの紙、いやできればワシの鼻の周りのスキンケアのために手洗い場に置いてある柔らかティッシュペーパーを持って来てくれないか」

それを聞いた紙人形は、ふとどうでもよい昔の風景を思い出しました。それは、自分が昭和の時代で子供だった頃、溜め式便所に置いてあった細い竹を切って何本も並べて作ったちり紙置きの上に何枚も重ねてあるやたら硬いちり紙でした。

（20）

紙人形はどうしていいか分からずしばらくそのまま立ち上がった本の栞《しおり》状態となっていたため、即身仏さんは「しょうがないな」と言いながら、例の小学生の頃に赤組と白組に分かれて競い合った時のようなまだら模様の紅白座布団から、すでに真っ赤に染まって我慢できずにその部屋で唯一立っていたトーテンポールを呼び寄せて、鼻の周りを拭かせました。

するとと腐葉土のような茶色い顔一面に布団に溜まった真っ赤な液体が染み渡り、悍《おぞ》ましい深紅の髑髏顔になったのです。

そして即身仏さんは紙人形に尋ねました。

「何やら乾燥肌顔全体がヌメヌメしていていきなりコラーゲンたっぷりの韓国産の高品質純白蛇クリームを塗ったような感じだが、どのようになっているかな」

紙人形はその光景を見て即身仏さんの質問については上の空となり、自分もあの深紅のトーテンポールの染物師によって真っ赤に染められると今までの軽やかな体の動きがなくなってしまうかもしれないし、と恐ろしく思ったのです。

その恐怖心からか、今の風景とはあまり関係ない妙な昔の記憶に思考回路が不思議と逃げ込んでしまったようでした。そして即身仏さんの悍ましい顔が自分の視界からしばし消えてしまったのです。

そのゾンビのように蘇った記憶は、さっき頭の中に浮かんだプレデターのあいつでした。かいつまんで説明しますと、子供の頃夏休みの宿題にするんだと言ってみんなに偉そうに言っていて結局夏休み中に取れなかったオオクワガタの代わりにとりあえず暫定策としてカミキリムシの標本を添えた作品を持って行って、どうだ、みんなすごいだろう、なかなか手に入らない虫を捕まえたからみんなに見せてやるぜ、と引きつった声で話しながら自慢していた自分の姿でした。

そしてなんだかカルマ（宿命）か、この調子で何度も即身仏さんにくしゃみを浴びせられた後にトーテンポールの横殴りの赤い雨で自分が真っ赤になって目立つようになったら、大変なことになるのではないかと思いました。

それは、そうなると一番恐ろしいカミキリムシたちの間で噂になって押し掛けてきて、自分は昔社会人になってからストレス解消にいつもやっていたシュレッダーで裁断する紙ゴミ等と同じ運命になってしまうというあまりありえない不確定要素の恐怖でした。そしてその恐怖に駆られてまたもやフリーズしてしまったのです。

するとと即身仏さんは言いました。

「黙ってないで何か喋らなきゃあかんぞ。国際会議で一言喋らすのが大変な国の人間だというジョークをずいぶん昔に聞いたことがあるが、お前もその類か」

それを聞いた紙人形は、この宿に来る前に勤め人をやっていた頃、ブルーマンデーで必死に口をパクパクしながらやけくそになってやっていたプレゼンテーションを思い出し、即身仏さんに尋ねました。

「ちょっとお顔が全体的に赤みがかっているようですが、血圧のほうは大丈夫でしょうか。ご心配であれば1階の帳場に行って手首に巻いてすぐに測れる携帯型血圧計をお持ちいたしますが」

すると、即身仏さんは自分の片方の手首を衣から紙人形に向けていきなり差し出して答えました。

「ワシの血圧も測れる重宝な血圧計があるのか。ずいぶん昔にワシの血管は体中の先っぽにあった毛細血管も含めて、さっきちょろちょろと動いていた蜘蛛たちの餌として与えてやったんだが」

　それを聞いた紙人形は自分の質問が的を射ていなかったことに気付き、焦ってその場で思いついたかなりいいかげんなコメントをしました。

「いや血圧の問題まではいかない感じです。即身仏さんはひょっとしてお酒を飲んだ時に顔が赤くなる体質ですか」

　即身仏はそれを聞いて答えました。

「ただの紙切れだと思っていたが、なかなか鋭いところをつくな。実はさっきこの旅籠の仲居のろくろっ首がやって来て、どうも借金の利息が増えて首が回らないとか愚痴を言い出したので、この部屋の片隅に並べてある日本酒やら芋焼酎、泡盛、常温の紹興酒や白酒を与えて、互いに酌み交わしながら語り合い日頃の憂さ晴らしをしていたわけだ。酒は百薬の長というだけあって適度に飲む量が健康にいいということがよく分かって、ワシもますます長生きできそうだ。ワァハァハァ……」

　それを聞いた紙人形は、なんか妙ちきりんな答えでよく理解できなかったので「即身仏さんは大きな神社の千年杉に近いくらいの年月を生きているみたいですけど、やはり更にしぶとく長生きしたいのですか」と思わず質問しそうになりましたが、ちょっと失礼な質問でまずいことになりそうだと考え、それを言うのを思いとどまったのです。

するとと即身仏さんは言いました。

「ワシの顔全体に紅《べに》クリームが塗って赤みがかっているということを聞いて思い出した。去年のことだがな、世界中の面妖なホテルや旅籠やお屋敷のホスト招待という国際会議が開かれたので、ちょっと行ってきて即身仏ならぬ「即身成仏」やら「煩悩即菩薩」の概念説明を西洋妖怪に行ったら、いきなりスタンディングオベーション（standing ovation）となったんだ。そういう次第で急遽西洋妖怪でもないのに特別名誉男爵の称号を貰ってな、その後の立食パーティーでルーマニアとか何とかいう国の確かドラキュラ男爵と知り合いになったのだ。その時彼が美味しそうに飲んでいた名前の由来のえらく残虐な『ブラッディーメアリー』とかいう真っ赤なカクテルを飲みたくなったので、至急1階の帳場までひとっ飛び行ってきてくれないか」

しかしそれを聞いた紙人形は、自分の身の回りの風景を見渡して困り果てました。

それは即身仏さんのさっきのくしゃみがハリケーンのカテゴリー5のような勢いだったので、部屋全体がめちゃくちゃになり紙人形でさえも足の踏み場がなく、その場から歩いて行くことができない状態になっていたのです。

でも即身仏さんは、本人は意識しているか分からないのですが、意外とさりげなくジョークを飛ばす人なので、いきなり怒ることもないだろうと思い、素直にこの場所から歩いていけないことを言って謝ってみました。すると即身仏さんは言いました。

「ちょっとした縁でやたら重たい肉の塊の人間から軽やかな紙人形になったのだから、それを生かさない手はないぞ。ワシに任せておけ」

そう言いながら衣の左の袖から肘まで伸びる茶色く朽ち果てた手や腕の骨をいきなり伸ばして、脇に置いてあった扇子を掴み広げて一振りして紙人形を宙に飛ばそうとしました。

ところが、びっくりしたことに腕を振った瞬間にボロッと音を立てながら肘の関節から先の骨が扇子を握り締めたまま遠心力でちぎれて紙人形の近くまで飛んできたのです。

予想しない状態に陥った即身仏さんですが、さすが平常心の霞《かすみ》に全身が覆われたお方であって、全く動じることなく紙人形に言いました。

「いかん、忘れておった。この頃物覚えが悪くなったのか、うっかりしていた。骨に特注のチタン合金で出来た特性の五寸釘をえらい本数打ち付けて半分金属構造体としてハイブリッド化した自慢の右手を使うべきであった」

紙人形は直立してフリーズしたまま一瞬目をつぶって、その場に立ちすくんでいました。

そしてその後正気に戻って目を開けてみると、自分のすぐ真横に扇子を握り締めて子供の頃博物館で見上げた巨大な恐竜の化石のような、肘から先の即身仏さんの腕と手や指の巨大な骨の塊が横たわっていたのです。

(21)

紙人形は自分の脇に横たわった指で扇子を握り締めたまま肘からちぎれた巨大な骨の塊を即身仏さんの二の腕に戻さなければならないと思い、自分が紙切れの存在なのにどうすれば運んでいけるだろうかと考え、再び困り果てました。

するとと即身仏さんは言いました。

「紙切れになったにもかかわらず、またもや頭の中で何か雑念が浮かんでいるだろう。その紙切れ全体を腰のあたりで2つ折りにして畳の上で半世紀くらい座禅し続けることができるようにしてやろうか。煩悩を燃やし尽くすにはちょうどいいぞ」

紙人形はそれを聞いて自分が煩悩の漬物になっていた頃の記憶をふと思い出しました。それは、自分が猛暑の頃に有機物の塊となってクソ暑い昼間に食いブチを稼ぐために体中汗だらけになり、フライパン状態の街でブツブツ独り言で文句を言いながら働き続けていた頃のことでした。

そしてその記憶に連なって、ずいぶん昔の話ですが来週に控えた人生に一度限りの祝宴（今やこのような陳腐な言い回しはそれこそ電子レンジで加熱すると3分以内に溶けてなくなってしまいそうですが）の結婚式場の晴れの舞台で完全にフリーズしてロボット状態になったまま、ケーキ入刀のシーンを思い出したのです。

その時は、その晴れ舞台の前の週、毎日緊張のあまり体の中から出てくる冷や汗シャワーでずっとぐしょぐしょになって、実際その日の夜になったら式場で砂を噛むような数々の声の儀礼的な祝福を受けたのです（唯一天井に映った巨大な顔がニヤニヤ笑っているのを、その時私は偶然見てしまいました）。

そして、その後人生において運命の鉄アレイのようになんとなく第六感で重く感じたナイフをケーキに突き刺し、その後にこの世では言葉としてしか存在しないのではないかと観じる『永遠の愛』を誓った遥か昔の心の奥底に封印された思い出木乃伊《みいら》がいきなり目の前に登場したのです。

すると即身仏さんはいきなり表情を変えて、饒舌に話し出しました。

「お前の頭の中で考えていることを、ワシの脳の中にあるＭＲＩ（Magnetic Resonance Imaging）で診断してやったぞ。人生朝露の如しというだろう。まぁ、なぐさめてやろうか。生きている間に必ず直面しなければならない問題だ。祝宴をあげるかあげないかの２つの選択肢のどちらを選ぶかだな。

（選択肢その１）祝宴をあげてその後賞味期限がすぐ切れる蜜の味をちょっとした短い期間だけ味わうか、（選択肢その２）祝宴をあげずに一人案山子になったまま日々独りだけでカラスの鳴き声を聞き、夕焼け時の哀愁を毎日味わうかのどっちかだな。高身長、イケメンなどの天から特別なギフトを授かった者たちにはそんなことを考える必要もなく、容姿端麗や眉目《びもく》秀麗なミツバチたちがひっきりなしに寄って来るが、それは天の神の采配によって決められた運命と、神から与えられた祝福（才能）（destiny and gift）というものだから仕方がない。恨むなら神や仏を恨めばよい。このギフトがない凡庸《ぼんよう》な連中には暗い産道から出てきて冥い死道に有無も言わさず引きずり込まれるまで、まぁ通常その間に即身成仏となった俺と違って、人生『一切皆苦』と思って諦めてもらうしかないな」

その後、やっと即身仏さんは本題に入りました。

「ところで俺の左腕を持ってきて元に戻してもらおうかと思ったが、どうもお主は紙切れだから無理そうだな。しょうがない、俺の忠実な下僕たちを呼ぶとするか」

即身仏さんはそう言いながら右の衣の裾から骨の手を出して、なんと両手でなく片手で不思議な印を結びました。

するとびっくりしたことに、その部屋の天井の全面から数え切れないほどの糸が垂れ下がってきました。それを見て紙人形は階下の泊まり部屋でいつだったか見た瑪瑙色の滴のシャワーを連想していきなり気絶しそうになりましたが、よく見ると全て透き通るほど輝く真珠色の糸であることに気が付き、その場に安心して立ったままでいることができたのです。

そういうわけで、即身仏さんとの会話中やらその時起こった奇妙な風景やらでパニックって心室細動を起こしてひっくり返る直前に即身仏さんに頼んでＡＥＤ（除細動器）をネットの至急便で翌日配送してもらう必要もなく、安心しました（実際のところ、ＡＥＤが翌日届いてもちょっと手遅れな気がしますが）。

その後、数え切れないほどぶら下がっている全ての糸の下端には、何やら無数のヒゲが勝手に煽動している小さな黒い塊がくっついているのに気が付いたのです。

その光景を見て昔見たハリウッドの映画の１シーンのように特殊部隊が何機かのチョッ

パー（chopper）からワイヤーで一斉に吊り下げられながら降りてきて、その後に赤色レーザー光でターゲットに照準を定めて全ての敵をあっという間に殲滅させる映像を思い出しました。そしてそのずいぶん昔の記憶が脳裏に映ったと同時に今までの疲れで思わず気を失い、その場で不覚にも倒れてしまったのです。

（22）

いきなり気絶してしまった紙人形は、不思議なことにやたら現実味を帯びた夢を見ました。その夢は、子供の頃にずっと憧れていた飛行機のパイロットになって自由に大空を飛び回っている夢でした。しかしながら夢の最後は今までの人生通り、通常悪夢の世界に入り込む定番となっていたのです。今回の夢も毎度お馴染みのようにそのストーリーが流れていきました。

乗っていた飛行機はずいぶん年代物のプロペラ式双発機だったのですが、いきなりエンジンの調子が悪くなってプロペラエンジンがブルッブルッと変な音のげっぷを吐き出しながら、中一日か二日の登板状態となって休み休み回り始め、だんだん高度を下げ、しまいには地上に不時着してしまいました。

機体はバラバラになったにもかかわらず、とりあえず致命傷を負っていない自分を確認して、なんて強運の持ち主なんだろうと喜んだのも束の間、その地上はなんと砂漠で、周りには見渡すかぎり砂の丘陵しか見えませんでした。

その時、更に下層階の夢世界に移行したようでした。つまり絶望の末にずいぶん昔の記憶が蜃気楼として蘇ったのです。それはリーマンとして毎日冷や汗と汗水だらけになって働いていた頃に、1日千円札だけ朝の出がけに妻から渡されて毎日世間の波に飲まれていた頃の記憶でした。

その記憶の映像は、昼飯代と毎日幾俵ものストレスを背中に背負いながら周りに聞こえない程度に独り言をぶつぶつ言いつつ、思いっきり100円硬貨を親指で押し込んで職場の片隅に置いてある自販機の1杯100円紙カップコーヒーを何杯も飲んだ後に、上司の机に辞表を叩きつける代わりに適当な外出の理由を作って自分自身が会社から飛び出した風景でした。

そして、その後外回りをしている時に真夏に汗だらけになり熱中症気味になって、思わず何本も買わざるを得なかった自販機の他の飲み物よりもちょっと安いミネラルウォーターを飲んでいた風景も、ついでに思い出した後に再びさっきの上層階の夢に戻ったのです。

この夢の世界の砂漠に不時着した場所の周りに飲み物や食べ物の自販機がないか見渡してみましたが、一面砂で出来た丘陵しかなく、当然というか残念ながら全く見当たらなかったのです。それで絶望の沼に下半身から引きずり込まれ始めた時に、ずいぶん昔に読んだ小説を思い出しました。

それは安部公房の『砂の女』でした。

砂の女の幻影が陽炎《かげろう》のように浮かんでから消えた後、一番近くの丘陵の向こう側から何やら四つ足の動物が現れて、すばしっこく自分の目の前にやって来ました。その動物の正体は背景と同一化してよく分からなかったのですが、自分の目の前までやって来ると、この砂漠と同じような色をしたキツネであることが分かりました。

いきなり飛行機で砂漠に不時着した後にキツネが現れるなんて、何かの有名な物語のデジャヴのような気がして、未だ夢の世界を彷徨っているのかと思いましたが、とりあえず相手が急に喋り出して自己紹介を始めたので、それが終わった頃合いを見計らってとりあえず自分の自己紹介を儀礼的に行いました。

するとそのキツネは、何日か前の朝の出がけに蜃気楼の彼方のピラミッドに住むキツネの王国の宗主国を創ったヌン（Nun）という創造神から砂漠を探検してくるように仰せつかったのだと言いました。

そしてその後、なぜだか背中に背負っていたデイパックからゴミ出し用の大きなビニール製の袋束の1つを取り出し、私に差し出して助言してくれたのです。

「もうすぐ漆黒の強烈な砂嵐が来るから、これをかぶっていたほうがいいよ。息もできないようにすごいよ。僕はこの砂漠の探検に慣れっこだから大丈夫だけど」

(23)

とりあえず砂漠のど真ん中で目の前には1匹のキツネしかいなかったので、その親切な申し出と差し出してくれたゴミ出し用のビニール袋をありがたく受け取って、それをかぶりながら様子を観ました。

するとお日さまの上っているあたりからものすごい砂嵐が入道雲のようにもくもくと現れ

て、眩しいお日さまを隠してしまいました。お日さまのせいで日射病になりそうだったから実にありがたく思い、目の前に現れたキツネが太陽神アポロンに口利きしてくれたのかなと考えてありがたく思い、ちょっと幸せ感に浸って一休みしようと思った途端、それどころではない勢いで砂嵐が近づいてきたのです。

近くにいたキツネは「また来たか、その袋をかぶったままかがんでいたほうがいいよ」と優しく言いながら、自分は砂の表面に器用に穴を掘って隠れてしまいました。

だけど、あんな砂嵐ではこのビニール袋をかぶっていても生き延びるのは無理だろうと半分思いながら、そのキツネに言われた通り地面に伏して砂嵐を迎えたのです。

砂嵐が自分の上を通り過ぎた時に不思議と全身が痒くなって、なぜなのだろうかと考えながらビニール袋の中で息をするのが苦しくなり、だんだん意識が遠のいていきました。

もう自分の一生は昔新しく出来たシネコンの映画館で見た大画面に映る３Ｄの砂嵐が現実となってエンドロールになるのかなと、意識だけが宙に浮かびながら虚空を彷徨っていると、やたら全身を通り過ぎていく砂の痒さに我慢できなくなり上層階の夢からやっと目が覚めたのです。

そして自分の上を覆い尽くしながら動いていく砂粒は、色が茶色でなく黒色であることに気が付きました。更に驚くべきことに、それぞれの砂粒の両側に小さなヒゲのようなものが何本も生えていて、全ての砂粒が勝手にグニョグニョ動きながら自分の上を通り過ぎていくことが分かったのです。

この黒い砂は昔読んだ小説『砂の女』に出てくる砂丘の砂とは違う（当然と言えば当然ですが）と直感的に感じて、その黒い砂の正体を見極めるべく思いっきり瞼を開いたのです。するとやっと悪夢から目が覚めて現実世界に戻ってみたら、最初に見えたのは腰のあたりからぺしゃんこの重ね折り状態になった紙人形のままの自分の姿でした。そして更に見えたのは、愕然としたことに自分の上を覆いながら一方向に移動して行く数え切れないほどの植毛に覆われた黒い絨毯でした。

でも不思議なことに、黒い絨毯のいろんなところから数え切れない多くの一条の光が差し込んできました。

その光景を見て、その光の正体は即身仏さんの骸骨の顔を照らしていた蛍光灯の光のような気がしました。それが確信に達した時に、その黒い絨毯はものすごい数の小さい蜘蛛たちの素早い高速行進だったことが分かったのです。

しばらくすると、その無数の蜘蛛の軍団が通り過ぎたので、ぺしゃんこの重ね折り状態になった自分の上半身を起こすことができました。

そして周りを見てみると、この黒い砂嵐が来る前にいきなり抜け落ちて自分の近くに落ちた即身仏さんの肘から先の腕の骨に蜘蛛たちが群がり出しているのが見えたのです。

その現実世界の風景は、またしても子供の頃見た記憶の映像を思い出させました。それは、無数の小さな蜘蛛たちは、即身仏さんのちぎれた腕の骨を全て覆い尽くしたのです。まるで永久凍土から掘り起こされて骨だけとなったマンモスの標本を見た後に、その横に並んでいる全身毛で覆われているマンモスの馬鹿でかい剥製もどきに変わった瞬間でした。

それはいわゆるフェイクモデル（人工擬態）なのですが、子供の頃の私にとってはいきなり骨だけから本物のマンモスの剥製が現れたことにびっくり仰天した思い出でした。

というわけで、またしてもその時に続いて人生において初めて見た悍ましい光景に恐ろしくなり、全身の皮膚が真っ白（もともと紙人形になってしまったわけで当然なわけですが）になっていくのを感じたのです。

すると、その小さい無数の黒い蜘蛛で覆われて獣に食いちぎられた後にそのまま放置されたネアンデルタール人の肘から先の腕全体に生えわたったヒゲのような細かい毛が、いきなり全て自分勝手にごにょごにょと動き出し始めました。

そして、ちぎれた腕の下側にひしめいている蜘蛛たちがまるで山車《だし》を担ぐようにその腕に群がって、即身仏さんの法衣の裾の中の二の腕まで運んでいったのです。

その腕の真下を除いた残りの蜘蛛たちは、まるで山車に乗っかった人みたいにヒゲのような足を動かすだけで特に何も仕事をしなかったので彼らの存在価値を疑いましたが、その謎はしばらくすると解けました。

どうでもよい話ですが、この光景を見て昔読んだ故事ことわざ慣用句辞典に書かれている「駕籠に乗る人担ぐ人そのまた草鞋を作る人」という言葉をふと思い出しました。

（24）

先ほどの続きですが、その真っ黒な毛で覆われたちぎれたネアンデルタール人の剥製風の腕が祭りの神輿のように動き出し、即身仏さんが着ている法衣の裾から這い上がってちぎれた腕の根元が袖の中に入り込んでいきました。

そして山車の上に乗っているお囃子役の蜘蛛たちが一斉に動き出し、法衣の袖をめくり返してちぎれた腕の先を肘の先端にくっ付けました。

続いて蜘蛛たちがみんな取り囲み、最前列の蜘蛛から順番に並ぶ蜘蛛がどんどん入れ替わって糸を吐き出したのです。

そして、その骨のちぎれ目同士を瞬く間に糸で覆い始めました。その手際の良い光景を見て、この旅籠に来る前に毎週水曜日の定時退勤日に要領が悪いせいか終わっていない山積みの仕事に背を向けて、毎回恨めしく思いながら家に帰った後の情けない自分の帰宅風景が網膜にいきなり映ったのです。

それは、家族との週1回の団欒の夕食を囲んだ時にいつも冷蔵庫に常備しておくように言いつけておいた納豆パックをおもむろに開いて、娘が幼稚園だったか小学校だった頃に、多分深刻であっただろう妻から聞く悩みやら愚痴やらを右耳から左耳に飛ばしていた時のことでした。

その時、納豆の糸が無数の接着糸のようになるまでひたすら我を忘れて箸をくるくる回し続け、粘着性接着剤レベルにまで達したえらく強く糸を引いた納豆を見て、仕事では味わえない達成感に浸りつつ、ご飯に乗せて週1回の儀礼的な家族全員お揃いの夕飯を30分以内に済ましてしまおうと思いながら、納豆ご飯を黙々と食べていた頃の風景でした。

そういえばその時、妻もいろいろな子供たちの教育相談をしていたようですが、「見ざる、言わざる、聞かざる」状態となっていたのか、そんなことはすっかり忘れていましたが、その時の風景が今ふと末那識からまざまざと浮かんだわけです。

そんな懐かしい遥か昔の光景がフラッシュバックしている間に、蜘蛛たちは即身仏さんのちぎれた腕の接合作業をあっという間に終えました。すると即身仏さんは紙人形に次のような言葉を言い放って豪快に笑い出したため、いきなり現実に引き戻されたのです。

「この蜘蛛たちはすごく優秀でな、1本1本が確か『蜘蛛の糸』とかいうえらく有名な小説の糸よりも強くてものすごい張力に耐えられるんだ。それに加えてゴムひもよりもなめらかな伸縮性に富んでいるんだ。だから、ワシの腕の肘の関節の接合剤としてはこれ以上のものはないな。肘が抜けるごとにケブラー®繊維をネット注文する手間も省けるし。そういうわけで、ワシも長生きできているわけだ。小さな蜘蛛と侮って潰してはいかんぞ。殺生は自分の身に降りかかってくるからな」

そして即身仏さんはやたら饒舌になって、更に言い続けました。

「今日は実にアクティブでなかなか良い一日であった。久々にノルアドレナリンとアドレナリンが体全体に拡散したような気がして、これまた静謐な雰囲気のこの部屋を一瞬にして消してしまうくらいだ。熱く煮えたぎった血潮で満ちた若き青春時代の一日を過ごすことができたぞ。グワァハァハァ……」

紙人形は即身仏さんの更なる爆笑のパフォーマンスにまたもやビックリしましたが、それにも増して驚愕したことが、その直後に起こりました。それは、そのいきなりの豪快な笑いの際に口を無理して全開にして笑ったためか、その直後に即身仏さんの下顎がいきなり外れて法衣の下のほうに落ちてしまったのです。

だけどまたもや黒い衣装に身をまとったＳＷＡＴ蜘蛛たちの特殊部隊が、ものすごい勢いで下に落ちた即身仏さんの下顎やその周りに散らかった多数の歯の骨に近づきました。

そしてこれらを全部真っ黒になるまで覆って、さっきみたいにいきなり神輿を担いで即身仏さんの元々あった下顎の位置まで這い上がったのです。それを見た紙人形は、子供たちがまだ近くの幼稚園の園児だった愛おしくかわいい頃に諏訪の御柱祭に連れて行った時に見た、えらく馬鹿でかいご神木が急な山の斜面から落ちていく風景を逆回しにしたような映像が頭の中に映し出されました。

その時、紙人形はいわゆる古き良き時代の懐かしい記憶とともに朗らかな気分に浸っていたところ、いきなり現実に目覚めて新たにニューワールドの住人となった自分はこれからどうなるのかという不安の集中豪雨で全身びしょ濡れになってしまったのです。

（25）

第二の人生・その1（即身仏さんの灌頂）――

即身仏さんはその蜘蛛たちのえらく素早い動きに感激して、紙人形に言いました。

「こいつらはゴマ粒みたいに小さいけど、侮ってはいかん。みんな特別な能力を持っているんだ。ついでに見せてやろうか。では、例の健康顔パックを頼む」

即身仏さんが言った瞬間、法衣を覆い尽くした小さな蜘蛛たちが即身仏さんの顔全体に群がって糸を吐き出し、顔中を蜘蛛の糸パックで覆いました。

すると先ほどのぬめった赤い液体が蜘蛛の糸を染め、朽ち果てていた即身仏さんの顔全体は、蛍光灯の光が反射する絹糸を固めて出来たお面をかぶったように何やらパール色にまたたく間に変わったのです。

紙人形はそれを見て思い出したのです。それはずいぶん昔のような気がする一方、「人生朝露の如し」で、ここに来る前に昼寝した時のわずか前の光景のような気もしたのですが、紙人形の子供たちが小さかった頃、日曜日に家のソファーで現実逃避の昼寝を味わっていた時にオセロをせがまれた時のことでした。

その時、その面倒くさい要求がやたらうざったくなり、二度とオセロで自分の心地良いうたた寝を邪魔されないように、さっさと終わらすべく子供たちがほとんど黒くしたボードを最後の一手でほとんど白の駒に変えてしまったのでした。

この時、決して会社では部下なし名ばかり課長の身分では味わえない自分の家庭での家長としての神の一手を子供たちに見せつけて、優越感に浸りながら再び爆睡したことを思い出したのです。

すると即身仏さんはびっくりしたことに、紙人形がふと思い出した昔のその光景を、蜘蛛の糸の関節代わりに弾力性に富んだ接着剤で付けた部分を伸ばしたり縮んだりさせながら、下顎を動かしながらいきなり喋り出したのです。そして更に付け加えました。

「お前もそろそろ人生というレールの時間軸を適当に調節できるようになったみたいだし、自分の体の重さという三次元的なわだかまりから解放されただろうから、四次元という新しい世界に迷い込んだ後放浪してやっと即身成仏できたみたいだ。では、めでたくワシがお前の灌頂をしてやろうか」

それを聞いた紙人形は、灌頂というのは頭の上から水をかけられる儀式のことだと昔本で読んだことを思い出したのです。そして恐ろしいことを連想してしまいました。

それは、ありがたく灌頂をいただいた後に昔自分の家庭で家族に早く出るように言われながら本を片手に自分のプライベート空間を楽しんでいたカプセル空間のトイレから出る時に、便器に溜まった水に捨てて変わり果てた姿になっていったトイレットペーパーを思い出し、灌頂の後の自分の姿と思わず重なったのでした。

そして即身仏さんに「それだけはご勘弁ください。ありがたく灌頂をいただいた直後に塩がかけられた青菜やナメクジのようになってしまいます」と思いっきり訴えようかなと思いました。

すると即身仏さんは、「お前の今の心配事はすぐ分かった。お前も紙人形で事情が事情なだけに考慮してやるから安心せい」と言いながら、さっきくっ付けた手と反対側の骨の手をいきなり法衣の袖から伸ばして、近くにあった扇子を取ろうとしました。

紙人形はまたさっきのように黒ずんだ砂嵐で大変な目に遭うことを想像してパニックとなりましたが、即身仏さんはまたもや言いました。

「お前に灌頂を与えようとしているのに、そういう心配性じゃちょっと困るな。お前もそういう時は土俵に上がった関取のように、思いっきり四股を踏んで立っていられるようにならないといかんぞ」

それを聞いた途端、この紙切れの両脚を思いっきり開いて四股立ちしたら紙で出来た胴体の半分までちぎれてしまうのではないかという不安が、またしても紙人形の頭の中に襲いかかりました。それを察した即身仏さんは言いました。

「心配ご無用だ。今からお前に合った灌頂をしてやるからな。こっちの手はこの前えらく太い釘を何本も打ち込んで補強してあるから、肘から先がさっきみたいにちぎれてお前の近くにすっ飛んでいくことはないから。それとお前は所詮紙切れだから、四股を思いっきり踏んばったら股のところからビリッと破けてしまうかもしれないしな」

それを聞いて紙人形は安心するとともに、即身仏さんの慈悲の心にえらく感動して、聞いたら怒られるかもしれない質問も許してもらえるかもしれないと思い、思わず即身仏さんにちょっと聞きにくい質問をしてみました。それは、どうやってえらく太い釘を何本も自分の手に打ち込んだのかという素朴な疑問でした。

それを聞いた即身仏さんは、嬉しそうな目をして答えてくれました。

「お前、今この釘は多分この旅籠を建てた大工さんに頼んだに違いないと思っただろう。どうも灌頂をする前に、ちょっとした修行がまだ必要なようだな。まあ、さっきお前がした質問を思い出して、思わず詳しく説明してやりたくなったから、灌頂の話は後にして、この釘をワシのこっちの手に何本もいい塩梅で打ち込んでくれた釘打ち師の話を教えてやるか」

（26）

即身仏さんの話（謎の釘打ち師）――

即身仏さんは急に饒舌になり、紙人形に話し始めました。

「その釘打ち師なんだけど、夜中にこの旅籠の神社の見える部屋の横を走ってやって来て一仕事終えると、また風のように走り去って行くんだ。白装束で何本も火のついた蝋燭を立てた鉄輪を頭に着け、高下駄を履いて、漆黒の闇の中、両眼を車のハイビームのように眩しく光らせながら走り去って行く人間なんだ。まぁ、たびたび現れて難儀そうだったから、ちょっと声を掛けてみたんだよ。ところでこの難儀な体を一念発起して街でやってる商店街のガラガラポンを昔やりに行ったことがあってな。その時ラッキーなことに紅玉がいくつも出た上に神社に行っておみくじを引いてみたら大吉が出たことがあったんだけど、今回の話もそのような展開となったわけだ。まぁ話が少しばかし長くなるが、とりあえず聞いてくれるか。実はな、ワシがこの部屋にいる理由から話してやったんだ。それはな、昔この旅籠の客たちが夜中に寝ている間に、隣の墓から呼び寄せた卒塔婆たちやら、この旅籠のスタッフのろくろっ首やら、唐傘たちとどんちゃん騒ぎをやってかなり迷惑をかけてしまったのだ。それで贖罪《しょくざい》として畳がいきなり真っ赤になって呪いがかかっているとかいう都市伝説ならぬ旅籠伝説が『悪事千里を行く』のごとく拡がらないように、このいわく付きの布団部屋の管理人を兼ねてワシが住み着いて、このトーテンポールたちをなんとかなだめながら、いざとなったら唐傘を使って泊まり客に迷惑をかけないように見張っているわけだ。そこで、この布団部屋に居座っている目に見えない住人たちに慈愛の心で新たな友達を作ってやるべく、その釘打ち師を招き入れることにしたのだ」

紙人形は即身仏さんの人徳にえらく感激したため、それを聞いてこの質問も許されるだろうと思い、聞いてみました。

「即身仏さんはその光景をこの2階の窓を開けて、(髑髏と言いそうになったが思わず別の言葉を考えて）その煌びやかで絢爛豪華たる見事な法衣に包まれた上半身を突き出されて呼び寄せたのですか」

「この旅籠の新入りだからやはり修行不足で、分かってないようだな。ワシはこの座布団に結跏趺坐しながらその釘打ち師に、悩み事があるなら相談に乗るからちょっと寄るようにと念（テレパシー：telepathy）を飛ばして、帰り際にここに立ち寄らせたわけだ」

それを聞いた紙人形は、その続きを聞きたくなると同時に、思わず子供の頃一生懸命頼んでも面倒くさそうな顔をしている両親に「交代しながら少しずつだけでもいいから」とせがみながら、桃太郎の冒険話や緊迫感溢れるサルカニ合戦の実況中継をなんとか読んでもらう前に、期待に胸を膨らませながらそれを待っている頃を思い出しました。そして即身仏さんは、それを観じて話してくれました。

「その釘打ち師は自分の仕事を終えてこの部屋に立ち寄ったわけだが、その時ワシが人生の四苦八苦のうち愛別離苦・怨憎会苦・求不得苦・五蘊盛苦の適当な食材をその場で調理して、ワシ特製の涅槃スープを飲ませたところ、それまで能面のような表情だったのがほんのり赤みがかって穏やかな顔になったのだ。そして囁いたのだよ。『初めて私の心の永久凍土を溶かしていただいて、ありがとうございます。実は、昔ある人と一緒に一つの銀河系になって熱く踊っていた時に感じた情熱の残り火が、私の中心で青い炎となっていつまでもくすぶり続けて私を苦しめていたのです。でもあなた様の言霊であっという間に消え去ってしまいました。そして生まれて初めて目の前の風景が見えないくらいのご慈悲の集中豪雨を頂いたので、せめてこれからしばらく丑三つ時にあの神社に向かうかわりにこの部屋にお邪魔して、何かお手伝いできることがあればさせてもらいたいのですが』となｓ。そういうわけで、『五寸釘をひたすら打っていた技量を生かして、とりあえずワシのこの片方の手をカルシウムの骨とチタン合金製の特注の五寸釘のハイブリッド体にして、肉体的苦痛を永劫に味わうことがないようにしてくれないか』と頼んだんだ。すると、その次にこの泊まり部屋に現れた時にいろんな長さの釘を用意して来てくれてな。そして、こっちの肩から腕にかけて何本も優しく打ち込んでくれて、街のフィットネスクラブで鍛え抜いた筋肉隆々の若者の腕のように逞しく強靭な腕となったわけだ」

それを聞いて紙人形は、法衣を捲り上げた即身仏さんの腕全体を再び見ましたが、スカスカの骨と骨に打ち込んだ釘だらけで、どこにも筋肉の「き」の字も見えませんでした。でもそういう事実をその場でさすがに指摘してしまうと、いきなり無数の蜘蛛軍団が現れてこの旅籠の調理場の流しまで運ばれていく悍《おぞ》ましい光景が浮かび、口元から出かかったその質問を胃の中に無理やり押し込んだのです。

紙人形がしばらく沈黙していたため、即身仏さんは嬉しそうな目をしながら続けて話しました。

「その白装束のオナゴが、冷たい氷の塊からワシのいつも3時のおやつで口の中に放り込んで口全体にとろけていく白いマシュマロのようになって、一生懸命ワシの体に釘を打ってくれたのには、久々に感動したぞ。その時、あまりにもそのオナゴが真剣になったせいか、白装束の裾が自分で気が付かないまま膝上までめくれ上がって見事なお御足を拝むことができ、ワシも久々に熱くなったがな」

それを聞いて紙人形は、即身仏さんは全ての煩悩を消し去って彼岸の極楽浄土に行かれたものと思っていたのに、未だに煩悩に囚われているのか、それとも煩悩をおもちゃのように遊び道具にしてしまっているのか訳が分からなくなり、紙で出来た薄っぺらな頭の中が混乱してしまったのです。すると即身仏さんは言いました。

「お前もやっといろんなことを観じることができるようになったか。今のは煩悩即菩提ということだ。よく覚えておくとよい。まぁ、とりあえず仮免許取得とするか。自分の中の暴れ馬を制御することができるようになるには、路上に出て暴れ馬に引っ張られる御車をうまく操る経験をすることが必要だ。では、これから灌頂に向けたステージ2を実践してもらうとするぞ。でも安心するがよい。『人生なんとかなるさ、ケセラセラ』という言葉をひたすら頭の中でマントラのように繰り返して唱えているのがよいだろう。極楽トンボになって風に吹かれるまま飄飄《ひょうひょう》と飛んでやがては消えていくのも風流な生き方だぞ」

言った途端、その腕から離れた扇子をいきなり見えない力で引き寄せて、手に握ったまま一振りしました。

すると今まで感じたことのないような心地良い風を受けて、紙人形の体がいきなり宙に浮かぶと同時に即身仏さんの見えない念力によるのか、その部屋の襖がいきなり開き、廊下を伝わって階段の上を浮かびながら1階の帳場に向けてハンググライダーで爽やかな上昇気流が吹いている丘の斜面を下っていくように飛んでいきました。

不思議とうまく帳場の記帳台の上に着地することができた途端、折り畳まれた和紙で出来た紙切れで表紙に『ミッション・その1』と書かれた紙札が貼り付けられた「ゲゲゲの鬼太郎」に出てくる〝ぬりかべ〟が目の前に立ちはだかっていたのです。

(27)

紙人形の仮免許取得後の路上教習〈その1〉——

ぬりかべは、自分が子供の頃思わずおまけ目当てに買ったお菓子の箱を無我夢中で開けて出てきた肝心のおまけが期待外れだった時のような、ものすごく貧相なヒゲに毛が生えたような両脚を付けていました。だけどその両足を使って信じられないくらいの速さで紙人形のところまで近づいて来たのです。

あまりにも勢い良く近くに来たため、そのまま倒れて押し潰されそうになる恐怖心で一瞬パニックとなり、例のさっきの2階の少し前まで訳あり泊まり部屋にいた時、数え切れないほどの蜘蛛軍団が漆黒の砂嵐のように迫ってくる光景がフラッシュバックしました。ところが予想に反して、そのぬりかべは紙人形の直前でいきなり止まったのです。

それを見た紙人形は、慣性の法則とかいう昔教科書で読んだのとえらく矛盾していると思いましたが、よくよく考えてみて自分なりの結論を出してみました。

その結論というのは、ぬりかべもどうやら和紙で出来ているようだから全然重たくないし、やたら面積だけ大きい平べったい胴体の前面に受ける空気抵抗を利用して急に止まったのか、それとも高速道路をえらい勢いで走る馬鹿でかいトラックが目の前に急に現れた渋滞の列を見て排気ブレーキで急制動して止まったような類で、そんなものがどんどん浮かんできたため、またもや薄っぺらい頭の中で考え出したら思考回路が混乱してグジャグジャになってしまったのです。

（28）

再びフリーズしていると、和紙で出来たぬりかべの長方形の胴体に描かれた「へ」の字の口が、信じられないことにいきなり開き、喋り始めたのです。

「2階の布団部屋でやたら長い年月に亘って深紅の血で染め上げられた座布団の上で、微動だにせず結跏趺坐している即身仏さんのご意向により、いよいよ路上教習〈その1〉をやってもらうことになったから、頑張ってくれたまえ」

紙人形はそれを聞いて、即身仏さんが両腕を動かし饒舌に喋りながら自分に対してアクティブに接してくれたことを思い出し、いきなりぬりかべに対して気分的に優位性を感じ、落ち着いて質問することができました。それは、路上教習〈その1〉と言っていた内容がどんなものかということでした。すると、ぬりかべは意外なことを言い出したのです。

「街外れの林の中にある神社の神主さんが陰陽師の子孫だそうで、そこに行って夏祭りの夜の出し物の手伝いを行うのだ。何を手伝うかは、その神主さんが教えてくれるだろう」

それを聞いて、紙人形は思わず、その場所も分からない神社にどうやって行けばいいのか尋ねました。するとぬりかべはやたら短い手を口に持ってきて、ヒューという口笛のような今まで聞いたこともない奇妙な音を発したのです。

（29）

するとＩ階の廊下の奥からこの旅籠に訪れた時に案内してくれた唐傘くんが片足ケンケンでやって来て、ぬりかべと唐傘くんがひそひそ話をし終えた後に、唐傘くんが口を開きました。

「ご無沙汰しております。何年ぶりでしょうか。また再会できたことが大変嬉しいです。ところで神社への行き方ですが、私がいるから心配御無用です。どうぞその階段を浮かびながら降りてきた特殊な能力を使って、私の傘の露先の近くに飛んで来て近づいたまま浮かんでいてください」

それを聞いた紙人形は「さっきは即身仏さんのおかげでここまで浮かびながらやって来れたけど、自力ではそんなところまで浮かぶことは無理です」と正直に言ったところ、いきなり即身仏さんの声が2階から頭の中に侵入してきました。

「やっているのは、路上教習〈その1〉だぞ、この教程では自己否定の鎖の足枷に今までつながれていて自分の目の前に映る世界から絶対飛び立つことができないという思い込みから自分を解き放たなければあかんな」

(30)

それを聞いた途端、紙人形の頭の中に昔リーマンをやっていた時のことが浮かびました。半期の業績が悪くボーナスの査定額が低くて妻への弁解を頭の半分で考えながら、偶然立ち寄った書店で買って読んだマーフィーの法則とか、ユングの無意識の構造の話を書いた本とか、ヒマラヤに住む瑜伽行者の心を放つ空中浮遊の本とかの内容を思い出し、薄っぺらい紙の頭の中で空中浮遊ができるように念じてみました。

すると、「思う念力岩をも通す」という諺通り、信じられないことに帳場の循環上昇気流に頼らずに自分の体がふわふわ浮き出し、自然と唐傘くんの傘の裾の上近くに達することができたのです。

それを見て、唐傘くんは「紙人形さん、やればできるではないですか。では、僕の中棒の根元にある特別なシャフトを駆動するから、少し待っていてください。先週、街に行って訪れた夜中の艶めかしいマネキンさんの乱れ切った風景を思い出しますから」と、紙人形にとって訳の分からないことを言い出しました。

その瞬間、不思議なことに唐傘くんの傘生地《かさきじ》が思いっきり開いて、紙人形は、遥か昔「トップガン」とかいう映画で見た空母の甲板からカタパルトを使ってえらい勢いで発進していく戦闘機のようになって、その場から旅籠の玄関を抜けて宿の外に飛び去って行ったのです。

（31）

紙人形の脳みそは紙の中にあるわけで非常に薄いため、実にシャープな切れ味でさっきまで頭を覆い尽くしていた冬の日本海の鉛色のような雲の塊をいきなり突き抜けたように観じました。

そして紙人形は、曇天の上の眩しく光る青空の中に紙飛行機の代わりにケブラー繊維で出来たステルス仕様の紙飛行機ふうとなって飛んで行ったのです。

紙人形にとってそれはあまりに一瞬の出来事だったので大変びっくりしましたが、唯一紙人形の紙切れの頭に残っている風景は、この旅籠を離陸した瞬間に2階の窓から即身仏さんがいきなり身を乗り出して紙人形に餞別の言葉を投げかけてくれたことでした。

それは、蜘蛛の糸で一面パックした髑髏の顔面を満月の月明かりでパール色に照らしながら「達者で頑張るんだぞ」とありがたく激励してくれた言葉でした。そしてその言葉とともに、即身仏さんの月明かりに照らされるパール色の髑髏顔がものすごい離陸速度でどんどん小さくなっていったのです。

その時、紙人形は夜空を飛びながら、確か即身仏さんはあの2階の部屋で長い年月結跏趺坐して、これからも続けるので窓から首を出して外を見てみることもないのだというようなことを言っていたのに、その光景を見てありがたいけどなんとなく話が違うような気がしました。

（32）

紙人形の仮免許取得後の路上教習〈その2〉――

紙人形は風の吹くままにグライダー気分でしばらく滑空していたところ、とある街の外れにある神社の境内に着陸しました。

境内の床は埃一つなく綺麗に浄められているため、紙になった自分の体に傷一つ付けることなく胴体着陸することができたのです。

なんで偶然こんな綺麗に整備された場所に気持ち良く着陸できたのだろうかと思い、きっと紙人形になる前のいろんなことの禊が終わったから、そのご褒美でこの神社の神主として第二の人生を歩んでいくことができるようになったに違いないと、立ち上がって考えました。

そこでその床のど真ん中で仁王立ちになって、腹式呼吸をして宇宙全体の気を集めることにしました。すると紙人形の体全体に気が充満したのですが、その瞬間に何やら怪しげな風体の中年男が境内の奥から現れたのです。

その男は、鼠色のスウェットシャツとスウェットパンツを着ていました、でも不思議なことに、紙人形の背丈よりもゆうに10倍以上ある馬鹿でかい身なりにもかかわらず、足元に立ってる紙人形にすぐに気が付きました。

そしていきなり座り込んで、無精ヒゲを生やし脂ぎった顔を紙人形の目の前に近づけたのです。

（33）

紙人形は思わず氷のようにフリーズしてしまいましたが、その正体不明の人物が「即身仏さんから聞いていた今年の派遣紙人形とはお主のことかな」と意外にもハイトーンな喋り方で話しかけてきたので、急に安心立命の気分になり、その人物の顔近くまで空中浮遊することができました。

そして紙人形は「即身仏さんから路上教習の仮免許を貰って宙を飛んでいたら、何かのご縁で導かれるようにここに着地していたわけです」と自己紹介したのです。

するとその人物は、意外にもその神社の神主であることを紙人形に告げました。

それを聞いてびっくりしたことに、その人物が急に遥か昔の思い出のアルバムに映っていた時の姿になったのです。それは子供たちの七五三祝いに懐かしい自宅の近くの神社にお参りしてお祓いしてもらった時の神聖な見事な神主さんの姿に変わり、いきなり神託（oracle）のような話をしました。

「ずいぶん昔に縁があったような気がするが、身なりがずいぶん変わって元気にしとるのか」

それを聞いた紙人形は「今では遥か昔の頃の世界に思えてならない会社に宮仕えしていた時に、有給休暇を取って旅に出たついでに奇妙な旅籠に立ち寄ってから人生が激変してしまいました」と答えました。するとその神主は一言発しました。

「諸行無常、因果応報、全ては縁に始まり縁に終わるというからな」

それを聞いて紙人形は何かお坊さんと話しているような気がしましたが、神仏混合というのはこういうことなのかなと思いながら、「どういうご縁で私はここに辿り着いたのでしょうか」ととりあえず聞いてみました。

するとその神主さんは「ちょうど神社の夏祭りが明日から始まるから、その祭りの頃だけ神社の裏杜《うらもり》に浮かび上がる幻の東屋の主となって現れるちょっと厄介で迷惑な気まぐれ浮游霊のお祓いをしてほしいんだ」と答えました。

紙人形は「自分は高さ10センチ弱、紙の厚さしかないので、それはちょっと無理じゃないかと思います」と正直に答えると、その神主さんは言いました。

「自分はこう見えても陰陽師の子孫でな、いつもは上下鼠色のスウェットを着たままだけど、今の姿は見事な神主として映っているだろう。つまり、そういう自分や他人を幻惑する幻覚化能力があるんだ。まぁ、安心して大船に乗った気持ちでいればよいぞ」

紙人形はそれを聞いて、目の前の自称神主をかなり胡散臭く思いながらしぶしぶ同意しました。するとその神主さんは「すぐに首を縦に振るとはアッパレだ。今まで毎年来ていた紙人形の中で初めてだぞ」と言いました。

今自分が置かれている状況はどうみても不幸な境遇としか考えられないのだが、それを聞いた紙人形は、不思議なことにその場で妙に嬉しくなり踊ってしまったのです。

それを見て神主さんから「こう見えてもずいぶん昔のことだが、通信教育で大学の文学部哲学科を出ているのだ。それでなんとなく思い出したのだが、まだ見たことのない南の国で踊り続けることが究極の幸せであるようなことを、確かフリードリッヒ・ニーチェが言っていたような気がした。お前も紙になって人間の煩悩から解放されただろうから、今回のミッションでも見事な役者として舞い踊れるだろう」と言われたのです。

それを聞いて紙人形は、ドーパミン型ニトロの発火剤で急にモチベーションが上がり、神主さんに「任せてください。チャレンジ精神で頑張ります」と言ったのです。

紙人形は今までの人生の歩みの中で川に出くわした時に、その近くの石橋の強度を思いっきり鉄の棒で叩きながらやっぱり心配で渡ることができず、その近くに川の遥か深い地中を通る地下鉄が出来るまで待ち続けて、さほど大きくない川を地下鉄でくぐり続けていた世界からやっと卒業できたわけです。そして、紙人形はとうとう記念すべき初めての街の路上教習にチャレンジすることになったのです。

（34）

紙人形は路上教習の実技試験でその神社の神主さんから、神社の夏祭りになると必ず現れる神社の裏杜の怨霊（最初に聞いた時はちょっと厄介な浮幽霊という話でしたが、実際はかなりの強敵だったわけです）を祓ってほしいと、最初交わした約束をしつこく念押しされたので、夏までのしばしの間だけ（実際はかなり長い期間だったのですが）神社で眠りに就いて、数ヶ月後の夏祭りの初日の夜に神主さんに起こしてもらいました。

そして秋の気配が漂う晩夏の夜空を、風に乗って裏杜の奥の目的地に向かって飛んで行ったのです。

神主さんから言われた場所に辿り着いてみると、この神社に来た時には見かけなかったあばら屋が現れていました。そして、あばら屋の入口の扉は錠前で外から開けることができないようになっていました。だけど紙人形は自分の紙の薄さをここぞとばかりに活用して、扉と壁の間から中に入り込むことができたのです。

部屋の中には誰もいなかったので、室内をふわふわ舞っていたところ、壁に掛けてあった赤い鬼の仮面が突如として壁から離れ、宙に浮きながら紙人形に向かっていきなり近づいて来たため、えらくびっくりしました。

更に驚いたことに、鬼の仮面が急に喋り出したのです。

「ワシはここの和風マハラジャ御殿の主《あるじ》であるが、いきなり許可を得ず入り込んで来て室内をふわふわ浮いておるとは、なんという無礼な奴だ。住居不法侵入で警察に電話するぞ」

紙人形はそれを聞いて、神社の神主さんから頼まれて来たのだと慌てて説明しました。すると鬼の仮面は言いました。

「結局のところ、お主はあの神主に頼まれて厄介者の俺をお払い箱にするためにお祓いに来たわけか。まぁ、せいぜい祓ってみるといい。うまく人間の姿に戻すことができたら、今年の夏の祭りを最後に、ここには現れないようにするから」

それを聞いた紙人形は、神主さんから「この路上教習をうまくこなせば、しばし娑婆のバカンスを楽しませてやる」と言われていたので、巷の神社の神主さんがやっている紙の束を左右に振るお祓いのように自分をせわしなく左右に振って、赤鬼のお面のお祓いをしたのです。

するといつの間にか、赤鬼のお面はあっという間にそのあばら屋の畳の上の座布団に座る白髪で赤ら顔のかなり老け込んだ男性に変わってしまいました。

更にその人物の目の前にはちゃぶ台が現れ、更にはその台の上にたくさんの二合徳利がボーリング場のピンのように立ち並ぶとともに、そのピンを倒す玉のようにその人物の似顔絵入りの特大のぐい呑みまで登場したのです。それから、その男性は紙人形に言いました。

「恐れ入谷の鬼子母神、見上げたもんだよ屋根屋のふんどしとはこのことかな。俺を元の姿にあっという間に戻すとは、あっぱれだ。おかげさまで、久々に祭りのお囃子をつまみとして聴きながら、最高の独酌を楽しめそうだ。ということで、今年の夏祭りが終わったら消え去るから少しだけ待っていてくれ。その後は成仏して涅槃に赴くからと、あの神主に伝えてくれ」

それを聞いた紙人形は、お祓いをしたら成仏して涅槃に行くことができるとは、あの即身仏さんの神通力とこの神社の神主さんの陰陽道のスピリチュアルな力がハイブリッドして、自分も不思議な特殊能力を持つ神仏混合ミュータント体に近づいたのかなと思いながら、神主さんに報告に行きました。

すると、それを聞いた神主さんは大きくうなずき、路上教習合格の旨を紙人形に伝えてくれたのです。

紙人形は神主さんから路上教習試験に合格したことを告げられるとともに、その時受け取った合格通知書を街まで出かけてコンビニのファックスで即身仏さんに送りました。

すると即身仏さんは大層喜んで、「ヨーロッパの夏のバカンス風にしばらく自由の身になって好きなところに飛んで行ってよいぞ」とのありがたいお言葉を早速頂戴しました。

そういうわけで紙人形は、刑務所から仮釈放になった囚人のように、とりあえずあてどもなく宙を舞って行ったのです。

(35)

空中に浮かびながら、いきなりさてどこに行こうかと考えたところ、やはり行き先は1つしかないと思い、例の真夜中の旅籠に来る前の我が家を訪ねることにしました。

そして、今までにない速さで空中を滑空して我が家に辿り着き、とりあえず窓ガラスから家の中を覗き込むことにしたのです。

それで家の外から窓ガラスに張り付いて家の中を覗いてみると、リビングのテーブルの周りを囲んで紙人形になる前に人間やっていた時の妻や娘2人がテーブルの上の鍋をつつきながら何か話していました。

それを見た紙人形は、きっと自分のことが心配になって警察の捜索願の結果の類を妻が娘たちに報告しているのだろうと考えました。

ところが、びっくりしたことにリビングのドアが開いて見知らぬ男性が赤ん坊を抱きかかえながら部屋の中に入って来たのです。

すると妻や娘2人が一斉に微笑んで、赤ん坊を抱きながら椅子に座った男性といきなり会話が盛り上がり、楽しそうな雰囲気になったのです。

紙人形は頭の中が混乱しつつ、よく理解できない風景を眺めていると、自分が張り付いて眺めているガラスの裏側、つまり暖かそうな室内側からぺたぺた吸盤をくっ付けたり離したりしながらヤモリが近づいて来たのです。そこで、無理だと思いつつ念を送ってこの家の中の事情をヤモリに聞いてみました。だけど、その後ヤモリは舌をペロペロ出し入れするだけだったので、紙人形は仕方なく諦めモードに入っていました。

なんとなくヤモリがやたら熱心に舌をペロペロ出し入れする風景を見ていると、紙人形は突如として閃いたのです。そして「ユリイカ」と心の中で思わず叫びました。

というのは、ヤモリは紙人形とコミュニケーションを図っていることに気が付いたわけです。つまりヤモリの舌の動きを記憶して紙人形の頭の中に紙が重なっていくように、その舌の軌跡のイメージを重ねていくと、連続した文字として現れたのです。つまり、ヤモリは紙人形の問いかけに一生懸命答えていたわけです。

（36）

紙人形はヤモリが伝えてくるメッセージを懸命に理解しようとしました。だけど体全体が所詮紙で出来ているため、頭の中のメモリー容量不足で文字の羅列をなかなか記憶できませんでした。

そこで仕方なく、ガラス窓の外側全体に張った薄い氷の層に書き写していったのです。それでそれを読み返してみると、ヤモリの伝えてくるメッセージを残念なことに（？）理解することができたのです。それは次のような内容でした。


（ヤモリの報告）

『紙人形が人間だった頃にこの旅籠を偶然訪れて、そのまま何の因果か今の姿になってしまったわけですが、しばらく家族は捜索願を出して行方を探していたようです。だけど特別な情報も得られず、仕方がないので奥さんは娘さんたちとの生活のために近くのパン屋さんにパートとして働き出したのです。

そして、そこの店長がバツイチで独り身だったのですが大変面白い人で、たまにこの自宅に遊びに来ると娘さんたちも喜んで、すっかりなついてしまったそうです。

というわけで、仕事のストレスを家庭でスプリンクラーのようにばらまいて発散していた元の旦那（父親）の存在は、奥さんと娘さんたちにとって単に煩わしい記憶の残滓と化してどうでもよくなってしまったわけです。

そのうちパン屋の店長がこの家に入り浸るようになって、奥さんとは内縁関係になり、娘さんたちにとっては今までとは全く違った面白くて楽しいお父さんとして居座った挙げ句、娘さんたちの小さな弟も出来てしまったようです。』

それを聞いた紙人形は、それまでこの家で自分は一家の大黒柱であることを勝手に自負して威張り散らしていた頃の風景を走馬灯のように思い出し、ついでに「自業自得」「因果応報」という四字熟語が頭の中に浮かびました。

そして紙人形の一文字の両眼の脇から、思わず雫《しずく》の形の涙が流れ出したのです。外はやけに冷え込んでいたため、流れ出た涙は細長い楕円形の氷の行列になって紙人形を窓の外側の冷え切った表面に張り付けてしまいました。

紙人形は大層悲しくなってしまい、思わずその家から遠くに飛び去ろうと思いましたが、生憎《あいにく》外は雪が舞い始めるほど冷え込んでその強力接着剤のように張り付いた氷の涙のために窓から離れることができず、顔以外の体中をバタバタさせながら顔をガラス窓から剥がそうとしましたが、くっ付いたままとなって剥がすことができませんでした。そしてヤモリに助けを求めた次第です。

（37）

すると窓ガラスの内側にいたヤモリはどこかに行ってしまいましたが、その後、嬉しいことにしばらくしてサッシの端っこから紙人形の張り付いている窓ガラスの外側に出てきてくれたのです。

だけど、びっくりしたことにヤモリは奇妙ないでたちをしていました。

というのは両眼を奇妙な大きいゴーグルで覆っていて、体の上下全体を吸盤の手足を除いて革張りの布団のようなもので身を包んでいたのです。

ヤモリの付けていたゴーグルを見て、紙人形は昔子供たちの夏休みの時期に妻に強制命令されて渋々子供たちの付き添いでプールに行った時、まだ小さかった娘たちが付けていた水中メガネを思い出しました。

懐かしく思って家の中の３人を見ると、相変わらず楽しそうに赤ん坊を抱いた男性と歓談しながら鍋をつついている風景が映り、紙人形はさっきにも増してえらく悲しい気分になってしまいました。

それでその光景から思わず思いっきり目をつむってしまい、話題を変えて現実逃避すべく自分の近くまでぺたぺたやって来たヤモリに、そのいでたちについて聞いてみたのです。

するとヤモリは丁寧に答えてくれました。それは、少し前の晩夏から初秋の茜色の夕焼けを楽しむためにオニヤンマ２匹の間に挟んでもらって上空高く飛び回るために、昔の双発飛行機に乗るパイロットのようないでたちで臨んだそうです。高度が高くなっていくにつれてえらく寒くなっていくと聞いていたからです。

そして御徒町まで行って、軍用品払い下げのゴーグルやちょっと傷物で安く売っていたシープスキンのＢ３を仕入れてきたとのことでした。そしてこの耐寒仕様の身なりをフライト以外にこの真冬にも自分の住処で楽しむことができて喜んでいました。

それを聞いて紙人形は、人で賑わう御徒町にヤモリ用のゴーグルやＢ３を何で売っているのか不思議に思いましたが、自分の置かれた現状の極めて深刻な問題をどうにかしなければいけないことを思い返しました。

とにもかくにも窓ガラスに張り付いた自分の顔を剥がしてもらわないことには、目を開けるごとに室内の明るく賑やかな幸せ風景が次々と視界に入ってきて涙が止まらなくなり、流れ落ちる涙が広がりながら凍って窓ガラスに張り付き、いきなり成長した氷柱のようになってしまうので、何とか助けてくれるように頼んだのです。

（38）

するとヤモリは足先の吸盤をぺたぺた窓ガラスにくっ付けながら、紙人形の顔の脇まで近づいて来ました。そして口から舌をにゅるにゅると出して、ガチガチに凍り付いた紙人形の涙の氷柱《つらら》を舐め回したのです。

するとびっくりしたことにいとも簡単に氷が溶けてしまい、更に驚いたことにさっきの氷が昇華して水蒸気と化し、白い煙のごとくあっという間に消え去ったのです。

そういうわけで不思議な縁といいますか、たまたま偶然出会ったヤモリのおかげで、窓ガラスとそれを透かして映る悲しい現実の風景から紙人形は解き放たれたわけです。

そして紙人形は窓ガラスを離れて再び宙に舞い上がりながら、ヤモリに感謝の言葉を一生懸命伝えるために、紙の切れ端で出来た両手を思いっきり振りながら粉雪の舞い散る夜空の彼方に消えていきました。

紙人形は宙を舞いながらそのヤモリが実は自分を助けてくれた観世音菩薩様の化身であると思いました。そしてお礼に観音経を唱えようとしましたが、般若心経についても「色即是空」「空即是色」しか知らなかったため、仕方なく暫定策として今にもちぎれそうな紙切れの両手を一生懸命振って、ヤモリとの一期一会となった貴重な出会いに別れを告げたのです。

（39）

紙人形の新たな旅立ち——

その後ですが、紙人形は紙切れで出来ているため、体温とか体重の感覚からも解放されていたので、その時舞い散る粉雪の中をあてどもなく漂流していったのです。

その漆黒の闇の中に広がる純白の雪の結晶の間を彷徨い続けているうちに、紙人形の頭の中に妙な風景が浮かびました。

それは、昔人間をやっていた頃に仲間たちと行ったスキー場が吹雪（ブリザード）で視界が見えなくなり、ゲレンデでトレインをやっている最中にはぐれてしまい、仕方なく吹雪の中左右に思いっきり揺れながら空中を進んでいくリフトに1人で乗っている自分の風景が粉雪の白さや雪の奏《かな》でる静寂の音色と共に思わず共感覚となって映ったのです。

しばらく雪の世界の中を先ほどのように漂っていると、びっくりしたことに自分の目の周りを舞い踊っている粉雪の精が、紙人形に語りかけてきました。

それは「ずいぶん長い月日（紙人形にとってはそんな長い年月には感じませんでしたが）をこの粉雪たちと共に舞い踊ってくれたので、私たちの主の棲む雪の御殿にご案内します」という内容でした。

それを聞いた紙人形は、自分が小さかった頃に読んで今でも頭の中に棲んでいるカメに乗って竜宮城に向かう浦島太郎の話を思い出しました。そして、その雪の御殿を訪れた後は玉手箱を開けて髪の毛が真っ白になってしまうのかなと急に心配になりましたが、もう既に自分の全身も真っ白な紙切れと化していることを思い出し、諦観の世界とともに粉雪の精たちに雪の御殿に招いてもらいました。

その雪の御殿に辿り着いて見てみると、さすがにその名に恥じないえらく立派な合掌造りの和風木造建造物と寸分たがわない氷の建物でした。そしてそこの和風御殿の土間の横にある、なぜか英語でウェルカムルーム（Welcome Room）と書かれたえらく立派な控え室で「寛いでください」と、どこからともなく漂う声で言われたのです。

それで粉雪の精たちがその部屋の窓一面に映るのを眺めながら寛いでいると、どうもその声の主らしい座敷童子がウェルカムドリンクとしてマティーニを持って来てくれました。そして紙人形に言いました。

「外もえらく冷え込んで、この館の中の飽和水蒸気量も小さくなって湿度も低く乾燥してすごく冷え込んだドライな今夜にふさわしいエクストラドライのマティーニをご用意しました」

それを聞いた紙人形は何か自分の子供の頃と違って、酒のことまで勉強してよく知ってていやたらませた童子《わらしべ》だなと思いながら、自分が人間やっていた頃に住んでいた日常の世界では味わったことのない本格的なマティーニ、つまりドライベルモットが少しばかりトッピングされただけのほとんどがジンのチャーチル風マティーニを、その部屋の棚に並んだチンザノを眺めながら嗜むことにしました。

ついでに座敷童子は、子供のくせにこの飲み方はかなりハードボイルドなスタイルであることを教えてくれました。

（40）

しばらくすると奥の部屋から声が掛かり、いよいよこの御殿の主に謁見できることになりました。しかしながら先ほど飲んだマティーニが体中といいますか紙中に染み渡って華麗に飛んで行くこともできず、昔人間やっていた頃の千鳥足状態で歩いて行ったのです。

するとびっくりしたことに、自分の背丈よりも遥かに大きい白衣装の女性に出会うことができたのです。そして、その女性は紙人形に言いました。

「食前酒のマティーニくらいで酔っ払って、あなた情けないわね。私は度数50度のウォッカをこの屋敷の外の雪で出来た天然冷凍庫で冷やしていつも飲んでいるのよ。まぁ、いいわ。これからきりたんぽ鍋と秋田の純米吟醸を私と一緒に楽しもうと思ったのに、とりあえず面倒だけど仕方ないから、あなたの酔いを冷ましてあげるわ」

そして、やたら綺麗に左右に広く割れた口をいきなりとがらせて紙人形に向かって息を吹きかけると、その息が吹雪になって紙人形を空中に舞い上がらせてしまいました。それはあまりにも冷たい息吹であったため、紙人形の酔いもいきなり吹っ飛んでしまったのです。おかげで紙人形は部屋の中に浮かびながら、この館の主の女性の全身を少し離れた位置から眺めることができました。

すると、紙人形はえらくびっくりしたのです。というのは、その館の主は、立てば百合の花、座っても百合の花、歩く姿も百合の花、という風情の白衣装に透き通ったような白肌の、これぞ超絶秋田美人風の雪女だったからです。

そういうわけで、紙人形はきりたんぽ鍋の近くに舞い降りました。ラッキーなことにその雪女もガスコンロの放射熱が嫌いみたいで、最新型のＩＨヒーターの上に鍋を載せてきりたんぽをつまみに純米吟醸を嗜んでいたのです。

紙人形は、鍋の火が自分に移って燃えて消えてしまう心配もなくなって思わず嬉しくなり、鍋の周りを歩いて雪女に近づき、いろいろ話をしました。

そして、その美味しそうな純米吟醸を見て昔を思い出しましたが、今や紙切れとなって当時のように日本酒をグビグビ飲むことができなくなったので、雪女に日本酒を飲ませてほしいとお願いしました。

すると雪女は「仕方ないわね」と言って、透き通った氷のようだけど艶やかな溜息をつきながら日本酒を口に含んで舌を突き出し、紙人形の口に流し込んでくれました。

それだけで紙人形は「オー・マイ・グッドネス（Oh my goodness）」と思わずつぶやきながらゴー・トゥー・ヘブン（Go to Heaven）状態になったのですが、更に嬉しいことにきりたんぽの一部をこの世の物とは思えない美しく尖った真珠のような歯で噛み砕いてから紙人形に食べさせてくれたのです（※すみません。お恥ずかしいことに著者の私はしばし筆を休めて、思わずこの幻惑世界に入り込んだままとなってしまいました）。

紙人形は、この経験をしただけで、この館に来る前に眺めた家族団欒の楽しい風景に縄のように太くなった真綿で絞められて心の首の窒息状態から脱出できました。それで、その時初めて観じた夢見る自由の世界に解き放たれたのです。

（41）

その晩、高さ10センチ弱の紙人形は、身長160センチは十分あるのではないかと思うスレンダーで体の向こう側が見えるような透き通った艶めかしさの雪女と共にきりたんぽ鍋を食べ、お酒を嗜みながら温かい一時を楽しんだ上に、更に嬉しいことに雪女にえらく気に入られました。

そして雪女に、話せば長くなる旅籠に泊まった晩から今までの経緯を手短に説明し、ついでにちょっとした神通力も身につけたことを告げたところ、彼女のネックレスのペンダントトップとしてぶら下がる役目を仰せつかったのです。

(42)

その後、紙人形はどうなったのかをお話ししましょう。

その冬は雪女のペンダントトップとなって、吹雪の中、彼女の胸元にしっかり張り付いて常に行動を共にしていたのです。だけど雪解けの時期になって雪女も温かいシャワーを浴びたくなり、紙人形も自分はお湯でふやけても構わないと思い、頑張って雪女の胸元に張り付きながら一緒にシャワーを浴びたいと雪女に懇願しました。

実は、紙人形はシャワーを浴びた後のドライヤーで乾かす彼女の美しい長い髪とスレンダーなボディの双方を映す鏡の風景を堪能できることを期待したのです。

ところがです。紙人形の人生はここに来ても順風満帆《じゅんぷうまんぱん》とはいかなかったのです。というのは、彼女と一緒にシャワーを浴びる直前になって雪女はペンダントトップを外して紙人形をスキャナーの上に乗せてカバーをかけ、いきなりスキャニングしてしまったのです。

その瞬間、紙人形の口は驚きのあまり一文字から楕円形のようにぽかんと開いてしまいました。

そしてその状態でスキャンされて更にびっくりしたことに、一文字で出来た目と鼻とぽかんと開けた楕円形の口がスキャナーのCCD素子に吸い取られてしまい、紙人形はとうとう人形《ひとがた》の輪郭だけが残るただの紙切れと化してしまったのです。

その後、再びペンダントトップとして雪女の胸元になんとか貼り付けてもらえたのですが……（残念無念）。

そして鏡の前に立った雪女は、ペンダントトップ以外何も身にまとわないまま呟きました。

「やっぱりペンダントトップも白一色じゃないと白銀の世界に似合わないし、私も春になったら純白の雪の溶けた混ざりもののない透明の雪解け水にならなきゃいけないから、余計な黒い文字は抜き去って正解だったわ」

それを聞いて紙人形は、彼女と共にシャワータイムとその前後の鏡に映るツーショットを見ることができず、彼女の熱い囁きや艶めかしい溜息も聞くことができなくなり、えらく残念だったのです。

そして、紙人形は心の中で「そんな殺生な」と繰り返し叫び続けました。

だけど紙全体に残る皮膚感覚は依然健在であったので、とりあえず彼女の胸元に張り付いたままでシャワーを浴びて全身ぐしょぐしょになり、その後ドライヤーで乾かしてもらえば満足だと割り切りました。

そのような次第で、紙人形がペンダントトップとして張り付いたまま雪女はシャワーを浴びてドライヤーで髪を乾かすとともに紙人形も乾かしてもらい、水っ気がなくなって彼女の胸元で喜んでパタパタはためいていると、びっくりしたことに、はしゃいでいる紙人形を鏡に映しながら雪女と紙人形は目の前の鏡の中に一緒になって吸い込まれていったのです。

どうやら次の冬が来るまで、雪女は鏡の中で毎年逆冬眠することにしているようでした。

というわけで、紙人形の目や口や耳からなる感覚器官が紙人形の体全体と皮膚感覚からなる感覚器官からまるで幽体離脱したような感じで、紙人形自体の解離現象が一気に進んだのです。

結局のところ、紙人形の皮膚感覚器官と人形《ひとがた》紙切れの体のほうは「不思議の国のアリス」のように鏡の向こうの世界に入ってしまって、どうなったかよく分かりません。次の冬が来るまで2人で一緒にラムやテキーラを飲みながら、サンバやサルサを踊っているのかもしれません。

ところで前者のスキャナーに吸い取られた感覚器官は、びっくりしたことに意外な化身（進化？）を遂げたのです。続いてそれについて説明いたしましょう。

(43)

スキャナーに読み込まれた紙人形の一文字の目と鼻は数字の「1」となり、ぽかんと開けた楕円形の口はだるまさんが起き上がったように立ち上がって数字の「0」となりました。

つまり「1」と「0」のデジタル信号として無数のCCD素子に読み込まれて、それらがパソコンのLSIチップの中で光の速度並みに増殖し、インターネット回線の中で「1」と「0」の信号の延々と続く行列集合体として拡散していったのです。

そして紙人形が人間をやっていた頃に過ごしていた現実世界において、「1」と「0」のデジタル信号がそのまま送信されたりD／A変換されてアナログ信号に化身して電波送信されて一気に伝達されていったのです。そして、まことに奇妙な話ではありますが、楽しげなあちらの世界で暮らし続けている人たちのパソコンやスマホ、携帯やタブレット端末の画面に現れるようになったのです。

（44）

紙人形号外新聞——

先ほどの続きですが、どのように現れるようになったかというと、パソコンやスマホ、携帯やタブレット端末の画面が突如まっ黒になった後に「紙人形号外新聞」という馬鹿でかいタイトルと、この面妖な新聞の内容がそれらの画面に表示されてこれを見ている人たちの視覚に入り込んで、その人たちの頭の中に白昼夢として居座り続けるようになったとのことです。

説明している本人（作者）もよく分からなくなってきたので、とりあえず実際に画面に表示された内容を、それを見た人たちの証言に基づいてまとめてみました。

それでは、街伝説のごとく急に拡散し始めた妙な噂の「紙人形号外新聞」の内容のいくつかを紹介したいと思います。

（45）

紙人形号外新聞〈初秋第1号〈幽玄の街の都市伝説〉〉
加羅戸麻矢・作「メリーゴーランド」より――

あるシティホテルの玄関の回転扉に異変が起きた。夜中のフロントのホテルマンの不在時に、回転扉が突然消えたのである。

たまたま外を歩いていた酔っ払いの証言によると、いきなり回転扉の何本もの縦枠からそれぞれ手が生えて周りの固定枠を引きちぎり、下側の横枠から2本の足が生えて逃げ出したとのこと。

目撃者は泥酔していたため証言は信憑性に欠けるとされ、その話は闇に葬られたが、しばらくすると第2の目撃証言が得られた。それは国道沿いを歩いていた女性によるものであった。

証言によると、広い国道の車道を回転扉がものすごい勢いで女性の目の前を通り過ぎ、走り去っていったとのことであった。しかしながら、その付近を走行していたタクシーのドライブレコーダーやその近くの監視カメラにはそれらしきものは映っていなかったので、この新たな証言も闇に消された。

その後いろいろな目撃証言が得られたが、やがて確信的証言によりその真相に辿り着いた。その真相であるが例の女性の証言のしばらく後に、その近くにある閉園間近の寂れた遊園地のメリーゴーランドが夜中に突然回り出したそうだ。漆黒の闇の中にそのメリーゴーランドの照明だけが鮮やかに光を放ち、回り続けた。

その時、偶然居合わせた数人が、その回転木馬に跨る唯一の客を見てしまったのだ。それは、それ自体に備わる全ての扉も回転させながら笑い続けている、あの回転扉であった。そして回転扉の仕切りガラスには、それぞれ様々な人の顔が大きく映し出されていた。

その顔は、例のホテルのいくつかのいわく付きの部屋の鏡に夜中だけ浮かび上がる顔であった。そして、それぞれの顔を囲む黒枠から伸びる手には、何かがしっかりと握られていた。近づいて見てみると、それは伸びきった縄や深紅に染まったナイフ、中身のあらかたなくなった薬瓶であった。

そうか、分かった。彼らはダブルチェックアウト（Double Check Out）を済ませ永劫の輪廻で回り続ける宿泊客だったわけだ。

（46）

紙人形号外新聞〈晩秋第1号〉

加羅戸麻矢・作「月夜の彷徨」より――

今宵は満月。月明かりの粉で照らされた、あの小高い丘に行ってみよう。

丘の登り口に辿り着くと、古びた木札に「表象の小径」の唐文字。小径の脇の草を分け入って歩んで行くと、磔刑の林に迷い込んだ。

怨嗟の呻き声の合唱を聴きながら抜けると、勾配のきつい森の中。森の木の全ての葉っぱは人の掌。葉っぱが一斉に指を曲げて「おいでおいで」と私を誘う。

やがて森を抜けると小高い丘の上。またもや案内板、「古戦場跡地」と書かれ丘一面は枯れすすきで覆われ、風が吹くごとに「鬼哭啾啾《きこくしゅうしゅう》」とざわめく。

丘の向こう側には霞が一面にかかり、その中で鎧兜の武士たちが夜桜の花見中。夜空を見上げると満月が嗤って私を見下す。

頭にきて両手で自分の首を引きちぎり、投げつけてやった。空中から見える枯れすすきの丘に立ちつくす首なしの私。

（47）

紙人形号外新聞〈クリスマス特別号〉
加羅戸麻矢・作「バースデーケーキ」（副題：迷宮）より――

ハッピー バースデイトゥー ユー!

なぁーんて言ってくれる相手がいればいいんだけど、今年も1人誕生日。節約志向でバースデーケーキもショートケーキ。

こんな小さなケーキだと齢《よわい》の本数のローソクも立てきれないから、ローソク代も浮いて

でも年に一度のこの日には、サプライズゲストが来るからもっと幸せ。さっそくゲストの招待の準備をしなきゃ。

というわけで、バースデーケーキの載った1人用リビングテーブルの向こうに等身大の鏡を動かしてきて、準備万端。

鏡の前に自分用にワイングラスを置いて、今日のためのロゼを注ぎ、自分のグラスを鏡に映るグラスに当てて乾杯しながら鏡に映る私とグラスを見つめる。そして、鏡のグラスに目を落としてロゼが減っていくのを待つ。

ピンク色に映ったグラスが透明に戻ったら、鏡の中の自分との会話がオープニング。イッツ・ア・ショータイム。

毎年、その時に鏡の中に映る私は1年後の自分。今まで毎年1年分エイジングしていたけど、まぁそれなりの顔つきだったから安心・安心。でも今年はどうかな。

いきなり髪の毛がパサパサになっていたり、皮膚の白さが頭の表面を侵食していたり、顔に付いたシミの蟻さん砲兵部隊が援軍を頼み、鏡の向こうから夜のシミシミ弾を撃ってきたらどうしよう。今夜も毎年のようにドキドキしてしまう。

（鏡を見た後）

「鏡さん、鏡さん、なんでいつまで待っても私の後ろの壁しか映してくれないの？」

（鏡曰く）

「角度を変えてフローリングを映してくれないか」

（フローリングの景色）

…そこには、時間膨張する体液の池にヒト形の蒲鉾《かまぼこ》が溶けつつ浮かぶ…。

（48）

紙人形号外新聞〈厳冬第1号〈幽玄の街のとあるバーの話〉〉
森野棲巳人・作「幻視バー」より

今日も仕事の打ち合わせで死に体の魚のように口をひたすらパクパクさせたので、自分の本当の姿である漆黒のカラスになってバーの止まり木で黙想していた。

すると、瞼の裏に今日の偽の自分を演じたご褒美のサプライズが現れた。それは凍てつく寒い夜で、黒のシープスキンのB3を着ながら、ここでウォッカのショットを舐め暖を取っていた時だった。

黙想をやめて目を開いたところ、止まり木1つ挟んでアンニュイな横顔の彼女が今宵気付いたら隣にいたのだ。この前にも増して、冬の日本海の地方都市一面を覆う雲のカーテンが美しい能面顔のベールになっている。そして、「お久しぶり、お元気ですか」という虫の息のような声で、私に囁きかけた。

幻惑の今日は猛暑の夜に変わり自分は実は人間ではなく昆虫程度で昼間は大変だったけど、この美しいモンシロチョウも昼間の熱中症で元気がないのかなと思いながら、私は彼女を見てその名前を自分勝手に付けてしまった。そして、君の名前は顰《ひそみ》でしょうと、無理やり言葉の押し売りをした。

「なぜ」と言われたので「『顰に倣《なら》う』という諺を後で調べてごらん」と言うと、「その諺、覚えているわよ。ここ半年間で聞いた最高の褒め言葉ありがとう」との返礼。

「褒めてくれて嬉しいよ。では、今の君に一番似合うカクテルを頼もうか」

そして、バーテンダーが眴《めくば》せした後にステアしたマティーニを相手に差し出した。

すると彼女はそのカクテルグラスの今にも折れそうな脊柱《せきちゅう》を指でつまみ、それを天井のほのかな灯りに翳した。

手首を微妙に動かしているうちにカクテルグラス自体が拡大鏡となり、彼女の手首の盛り上がった幾筋もの肉のバーコードをオリーブとともにカクテルグラスに映した。

それを見て私は、その目の前の美しい女性の心の沼の奥底に引きずり込まれ、思わず囁《ささや》いた。

「君はサディスト（sadist）なの？　それともマゾヒスト（masochist）なの？」

するとその女性は答えた。

「見てくれた？　私の芸術品を。あなたの言う私の中にその２人が現れた時に、私の創作活動が始まるの。そんなコメントをくれるのはあなたしかいないから、その２人が出会う儀式の時に来てくれる？　肘まで伝わって床に垂れ落ちる深紅のバラの蛇も紹介するわ」

（49）

紙人形号外新聞〈初春１号（街のはずれのお寺の話）〉
加羅戸麻矢・作「破壊詩《はかいし》」

彼は今宵もやって来る
軽のワゴンに乗りながら

今夜の目的地に着くと
カーステレオのラップ音をマックスにし
運転席のドアを片手で引きちぎり
外に出て
車中で潰し続けた全身の筋肉を膨張させる

そして車のリアウィンドウを叩き割り
スーパーヘビーの鉄のハンマーを片手で掴み
別の手には本念珠を握り締め
裸の上半身を月明かりに晒す

胸や腹と顔全体には朱色で般若心経が一面に描かれ
阿修羅の体は血潮で覆われ唇の間から白い歯を咲かせている
真夜中の彼岸花たちはその肉柱を見上げて一同驚く
そして彼は××家と彫られた墓石をハンマーで1つずつ打ち砕いていき

今夜の獲物のこの墓場の墓標の群れを細かい石のかけらに変え
石牢獄に幽閉された魂を虚空に解き放つ
ДaДaДaДa→€€€€€€→≋≋≋≋→жжллжж→************
やがて墓場は三途の川の賽の河原と化し
それを見て彼は微笑む

車に戻って助手席のドアを静かに開け
和服を着させた子供の人形と、鬼のお面をかぶった案山子を取り出し
河原の中の積み上がった石を見つけ
人形をその近くに置き案山子をその横に突き刺す

呪文（マントラ：mantra）を唱えながら再び車に乗り込んだ後
彼の涙で満たしたウォッシャー液で車のフロントガラスを洗い流し
ラップの音の踊りをパイプオルガンの賛美歌に変えながら
その墓場から消え去っていく

やがて賽の河原全体は霧で覆われ
その霧の中のあちこちに
古びた日本人形たちが
ここの住人の石積み少女たちから借りた髪の毛を腰まで伸ばし
目を輝かせながら一斉《いっせい》に浮かび上がる
（破壊と創造の神、シバ神の踊りに捧げる）

（※注）墓石を勝手に倒したり破壊したりする行為は、器物損壊罪（刑法二百六十一条）及び刑法第二十四章に規定された礼拝所及び墳墓に関する罪（例えば礼拝所不敬罪（刑法百八十八条）や墳墓発掘罪（刑法百八十九条）とかに該当するかと思いますので、この人に共感しても真似をするのはやめましょう。

(50)

紙人形号外新聞〈盛夏第1号〈幽玄のとある街の不思議な話〉〉

漆黒冗狗・作「行政無線」より——

平日の真っ昼間にいつもの行政無線が放送されました。それは次のような内容でした。

「行方不明者の捜索です。身長170センチ弱、年齢は75歳、太い黒縁のメガネをかけ髪の毛は白髪、比較的大柄で体格が良く、喋り声も大きく、明るいベージュ色のシャツに紺色のズボンをはいている男性が行方不明となっております」

「手首は片方がちぎれてなくなっています。顔の顎から頭頂部にかけて左側全体がかなり潰れています。片方の目玉は喪失してしまいました。首全体は3分の1ほど右側から裂けています。後頭部は特大鉋《かんな》で削られた状態です。両足は膝が捩れて足の甲とつま先が180度反転して背中側に向いています」

「警察署の情報によると行方不明者は昨日早朝XX中学の近くの交差点を自転車で渡っていたところ、運悪くトラックに轢かれて☠☠病院に救急搬送されましたが、残念なことにお亡くなりになり、その地下2階の霊安室でお休みになられていたそうです」

「生前ちょっと荒れた中学の先生をされていた関係か、夜中中霊安室でやたら大きな声で講釈されているのが聞かれ、早朝霊安室のドアが開けられ病院玄関横のスリッパ置き場までどす黒い血の足跡が延びて突如消えていたそうです」

「目立った特徴としては、スリッパ置き場に置いてあった☠☠病院の登録商標である☠☠マーク入りの白いスリッパが消えていました。おそらくこれを履いて☠☠病院の外を徘徊中のようです」

「本人を見かけた方、又はお心当たりのある方は至急最寄りの警察署、又は☠☠病院の内線✂✂✂✂（検死官が使う検死解剖用の鋏）、もしくは最寄りの葬儀社にご連絡ください」

（51）

紙人形号外新聞〈盛夏2号〈幽玄のとある街の不可思議な噂話・その2〉〉
漆黒冗狗・作「無線放送後の市井の会話」より——

（甲）聞いたかよ。今日はなんか不思議な行政無線放送が流れているぜ。

（乙）聞いた、聞いた。きっと今宵の真夜中になれば例の交差点に現れるんじゃないか。

（甲）そうだな。その事故現場に転がっている乾いて干からびた目玉を探しに来るかもしれないし。

（乙）それじゃ今晩午前零時に、その交差点で待ち合わせるか。

（甲）うまく説得できれば💀💀病院の霊安室に戻ってもらい、その前でスリーショットだな。

（乙）そりゃ、最高だ。来月配られる行政広報の一面にその写真が馬鹿でかく掲載されりゃぁ、俺たちも一躍《いちやく》この街の有名人だ。

～スリーショットで街の有名人になった後の後日譚～

（甲）噂によると、本人はえらく大金をはたいて人相見《にんそうみ》の民間資格を取ったらしいぞ。

（乙）それと、本人は生前やたら大声で奥さんに怒鳴って威張り散らしていたみたいで、引き取り拒否され、あの地下2階に放置してあるそうだ。

（甲）それはいい。あそこに連れ戻すのに俺たち結構貢献したから、町中であの先生を挟んで人相見の商売を始めよう。

（乙）でも始めてもこのクソ暑い中じゃ、椅子に座らせたままにしておくと昼前に体中に蠅がたかって、おやつの時間の3時頃には蛆虫が体の表面にうじょうじょ蠢いているかもしれないし、だいたい相談者が来て本人の顔を見た途端、人相見もへったくれもなく絶句して逃げ出したりその場で卒倒しちゃったりするだろうから、来月の行政広報で一転頭下げスリーショットは嫌だな。

（甲）お前、少しは頭を使ったほうがいいぞ。そういう時の対策として、あの腐った体中に振りかける虫よけ剤や防腐剤と溶け始めた顔にかぶせっぱなしにするジェイソンの仮面（マスク）を買って事前準備しておけば、難なく問題解決じゃないか。
（乙）まいった、さすがだ。恐れ入谷の鬼子母神、見上げたもんだよ屋根屋のふんどし。褒めてやるよ。

（※注）現実世界においては☠☠病院の図形商標である「☠☠」が病院関連を役務《えきむ》として商標登録されているか否かは調べていません。

～この物語の顛末〈エピメテウス（Epimetheus）発信のエピローグ（epilogue）〉～

紙人形はその後どうなったのでしょうか。
風の噂によると幽体離脱状態となった２つの存在が再び一元化したそうです。そして表象の森という現実世界に生きる人々がふとしたきっかけで迷い込む世界、つまり面妖な住人たちが棲息する蠱惑《こわく》的な森に辿り着いたそうです。
そして、その表象の森にある畢竟発明庵とかいう何をやっているのか訳の分からない怪しい朽ち果てた東屋《あづまや》を訪れ、そこの庵主に頼んで紙の大きさだけ元の人間大に戻してもらったお札として畢竟発明庵の幟り旗になり、天気の良い日に畢竟発明庵の庭先に立てかけられて青空とその中を流れていく雲たちを見ながら揺らいでいるとのことです。

実際に紙人形に会いに行ってみたところ、紙人形は表象の森や青空を見ながら「天地は万物の逆旅《げきりょ》なり、光陰《こういん》は百代《はくだい》の過客《かかく》なり、而《しか》して浮生《ふせい》は夢《ゆめ》の若《ごと》し…」（『李白詩選』岩波書店より）という酒仙李白の有名な詩を思い出したとのことでした。そして李白も遥か古の時期に、この青空と流れる雲を眺めながら旅を続けたのだろうかと思いながら風に靡いていました。

〈付録〉appendix

人口倍増計画――

２０２X年、毎年進む某国の人口減少傾向に歯止めをかけるべく、有識者による人口倍増諮問会が開かれた。

当日、名だたる有識者の名前が書かれた札が机の上に置かれていたが、その末席の机には「神託酒仙人 井戸野神人《いどのかみと》」という不思議な札が置かれていた。

有識者会議が開かれる直前になって、それだけで仙人と言える顎ヒゲを生やし白髪三千丈の翁が現れ席に座った。会議は白熱したが、その翁は一言も喋らなかったので座長が発言を求めたところ、「そのような問題は『あいうえお歌』で全て解決するんじゃが」と、その正体不明の神託酒仙人は一言言い放った。

座長が不思議がって「それは何ですか」と言うと、本人曰く題目「井戸身投げ人の歌」というあいうえお歌をいきなり唄い出した。

ある日の朝早く
井戸の底の水死体が
うめき声を上げながら目覚め
えらい勢いで奈落の底から這い上がり
お天道様の日差しを受けて光の世界を思い出し

柿の木の熟した実を頬張って甘味を味わい
「気持ち悪いですか」と背中に書かれたハッピを身にまとい
車を拾って乗せてもらい
痙攣が体中に始まって止まらなくなったので
交番の前で降りて道を尋ね
流離《さすら》い人となって歩き回り

死人のふりをして人で賑わう公園を通り過ぎ
スミレの花を摘んで口に咥え
銭湯を見つけて暖簾をくぐり
空の見える窓越しの湯船に浸かり

タンポポの咲いた野原を思い出し
ちぃっとばかり早まったかなと呟きながら
爪の先が溶け出すのを見つめ
手がふやけていくのを感じながら
透明なお湯の底に沈んでいった

それを聞いた座長は唖然として、「しかし、それでは結局のところ現れた人は風呂の底に沈んで人口が増えないのでは」と問いただすと、本人曰く「まだ、あいうえお歌の中の『た』行までしか唄っていないではないか。間抜けな『井戸身投げ人の歌』を続けるから、よく聞くように」と言い、続きを始めた。

何事もなかったかのようになった銭湯にふらりと来た暇人が湯船に浸かろうとし
人間の顔のようなものをお湯の底に見たと同時に
ぬめっとした感触を足の裏の隅々まで感じた
寝耳にお湯だな、寝ぼけ眼で朝風呂一番乗りのつもりが湯船の底に先客がいるとは、と呟きながら
呪われたように微笑むお湯の底の顔の皮を剥ぎ始めた

剥ぎ終わった屍顔（蛙《かわず》）の皮を脱衣所の扇風機で乾かして自分の顔にかぶせ
一風呂浴び直して
普段着に着替え
変な人と思われないように身づくろいを終え
細い小路を歩き出した

山田屋という呉服店を見つけて店内に入り込み

幽霊の恰好に衣替《ころも》えし
夜の帳の街に出た

ラジオ街と昔呼ばれた秋葉原を通ったが
隣人たちは何も気が付かず通り過ぎていったので
ルビーの玉の義眼をした売り子がいる土産屋を見つけ
霊魂をしこたま買い付けて一気にザルに入れ
蝋人形館に行って微動だにしない奴らに魂を1つずつ与え一息入れた後

渡し船を探し船頭にチップをはずんで岸からすぐに離れ
ヲサラバだなと言いながら川に身を投げ
んーと深い川底に「またやっちまったか」と呟きながら沈んでいった

そしてその翁は最後に「今じゃ街のあちこちに井戸があるからたえずたくさん現れ、輪廻を超越速度で繰り返すので、消え去る前に続々と新しい井戸身投げ人が現れて、町中は奴らだらけになって問題解決じゃ。ついでに奴らは冥界で蠢いている友達連中も連れて来るかもしれない。いきなり見た目の人口加速があっという間に実現するということだ」と締めくくった。

座長は呆れて「それは分るんですけど」と溜息とともに呟き、「そもそもあなたは、手元にある有識者会議の参加者一覧表に載っていないのでは」と問いただすと、座長とともに残りの有識者が卓上の参加者リストに目を落とした。

確かに載っていないことを皆が確認して再び目を上げると、その神託酒仙人の座っていた席には誰もおらず、机の上には一輪の花が細長い花瓶から伸びて皆をじーっと見つめていた。

（※注）この話を使った後に「ま行」を抜かしたことに気付いたのですが、更に作って加えるのも面倒だったので、前半を「井戸身投げ人の歌」、後半は「間抜けな（ま行抜けの）井戸身投げ人の歌」としてごまかしました。また、文中の（蛙《かわず》）は幽玄な能の世界で特別に妖しいお面である『蛙《かわず》』さんにこのシチュエーションで登場してもらった次第です。

闇の能面屋――

丑三つ時にご開帳の闇の能面屋
女系、男系、鬼神系、怨霊系のお面がいろいろ
バックライトで蘇生して語りかけてくる
女系のお品書きには「視線恐怖症の人にはお勧め」と
これをかぶって昼間街を歩けば、みんな一度はあなたを見ますが♪
あなたも見返してやれば、奴らの視線をはねのけますよ♪
視線ロックオンのままその人に近づいて♪
そいつの体自体もはねのけちゃいましょう
謎の気功師気取りでね
ビルの窓から見つめてる奴がいたら、そのビルも訪問しちゃいましょう♪
咒咒言いながら入っていきましょう♪

50年後の世の中――

50年後の世の中を知っていますか
ひょっとすると宇宙葬がデファクトスタンダードになって
人間を卒業したら夜空の星になっていたり
白寿を疾《とう》の昔に迎えた人たちが、
有機体の臓器と金属や樹脂で出来たデバイスで
ハイブリッドアクチュエータとなり、
街を一日中元気に闊歩しているかも
科学瓶の中で漬物になった大脳と、
電気的な会話を楽しむ人がいる一方
崩れて朽ち果て腐りきった古《いにしえ》のシャッター通りの奥で
「あなたの魂も質入れできます」という張り紙付きの
未だにひっそり営業している質屋から
魂を質入れした人が出てくるかもしれません

だけど春になると今と変わることなく沈丁花の香りが漂い
梅雨にはカタツムリが紫陽花《あじさい》の中でかくれんぼし
夏の夕暮れの神社では茅蜩《ひぐらし》のカナカナ声の挽歌が響き
秋の夕焼けは釣瓶《つるべ》といっしょに田舎の井戸に落ちていき
冬には舞い散る雪の白粉で寺のお墓がお化粧するでしょう
（地球温暖化阻止応援の詩《うた》）

有給休暇――

今宵はみんな揃って有給休暇
丑三つ時に五寸釘から抜け出して、神社の境内に集まる集まる
そのかず数十体
みんな揃った藁人形、今年の新入りは十数体
一同隊列をなしてきちんと並び、闇の風のお囃子に合わせて踊る踊る

後ろから見ると一糸乱れぬ動きで前後左右にダンス、ダンス
前から見るとみんな嗤っている

マネキン――

目覚ましの音で心が悪夢から目覚めると、
最初にやることは自分のパーツのありかを思い出すこと
両腕は確か昨日寝る前にポータブルＤＶＤを見ていたので、
それと一緒に枕元に並べておいたんだ
胴体は昨晩ビールを呷《あお》りながらカップ焼きそばをたらふく食べて重たくなったので、
リビングのソファに置いてきたんだ
両脚は帰ってきた後に新調のビジネス用シークレットブーツを履いてみたら
サイズが小さくて抜けなくなったので、ブーツに差したまんま玄関に立ってるはずだ
首から上はどこに置いてきちまったっけ

そうだ歯磨きした後に面倒くさい朝のヒゲそりを早めに済まし、
洗面台のところに置いてきたんだ
さて両腕に魂を載せて10本の指を動かしベッドからリビングまで行くか

＊

やっとリビングでの結合作業が終わった
今度は胴体を付けたまま玄関まで行って両脚を付けなきゃいけない
胴体はえらく重く指を使って這っていくのは大変だけれど、時間がないので頑張ろう

＊

やれやれ、玄関まで辿り着いた上にブーツを履いたままの両脚を
胴体に付けるのはえらく難儀だったな
これで玄関での作業が終わったので、今度は足で歩けるから洗面台まで楽勝だ

＊

あれおかしいな、首から上はあるんだけど
目とか鼻とか口とか耳や髪の毛まで全然付いていないじゃないか
あ、思い出した、昨日寝る前に洗面台で顔を洗った後に鏡を見たら映ってたんだ

顔に何にも付いていないのっぺらぼうが、僕の後ろにぼーっとつっ立っていたっけ
そして「目とか鼻とか口とか耳や髪の毛を一日だけ借りたい」とか頼まれたんだ
昨晩やけになってちょっと飲み過ぎたのでどうでもよくなり
太っ腹になって「全部持って行ってくれ」とか言っちゃったっけ
どうしよう困ったな、会社に遅刻しちゃうじゃないか、何か対策を考えなきゃ

＊

そうだ、マジックインキを買ってあったな
これで顔や髪の毛を鏡の前でとりあえず書いてみよう

＊

まずいな、鏡の前だとうまく書けない
何か肌色の卵の殻にへのへのもへじを書いた顔になってしまった
このままいつもの電車に乗ったらちょっと目立ちそうだし
だけどいつも乗る電車に乗り損ねると、また遅刻かと上司に怒られるし
有給休暇も全部使っちゃったので休むわけにもいかず大変なことになった
何か名案はないものか

＊

ユリイカ（Eureka）！最悪の状況をブレイクスルーできる最善策を発見した
いつだったかのハロウィンで使ったフランケンシュタインの顔マスクが
棚の中に吊り下がりっぱなしになっているはずだ
とりあえずこのへのへのもへじ顔に顔マスクをかぶせて出勤するか
これなら電車も間に合いそうだし、完璧だ
まぁこの顔マスクをかぶりながら満員電車の吊り革に掴まっていても
さっきのへのへのもへじ顔で掴まっているよりはいいだろう
電車の窓から差し込む眩しい朝日で、どうせ周りの人もよく見ないだろうし
それに最近出来た駅の近くの窓全体が、鏡張りのビルを通過する時が楽しみだ
細長い鉄の箱の中の吊り革を片手で握った1列の能面顔の間に
俺のフランケンの顔が映るのもシュールな感じだし

（※注）この小話詩《こばなし》はCOVID−19の襲来前に作ったもので、通勤時にマスク不要になる近い将来の話です。

我が家の歓談――

我が家のリビングはみんなで今宵も歓談
テーブルの上には5年間引きこもり状態だった弟が
初めてバイトした弁当屋からくすねてきた幕の内がいくつか振る舞われ
お父さんは会社からリストラ通知を受け
その後の新たな人生行路の生みの苦しみから悪阻《つわり》になっているけど
頑張って冷や汗を流しながら苦笑いし
お母さんは弟が実らせた弁当の中の果実である米粒を1粒ずつ丁寧に双眼鏡で眺め
おばあさんはフローリングの上でしっかりと四股立ちしながら
おじいさんの骨壷をシェイカーのようにシャカシャカ振り続け
私はテーブルの上に置かれた卓上鏡に自分自身をアップライトし
耳元の近くまで裂けた唇に紅を塗りながら微笑んでいる
リビングの端のテレビには二次元電波人間が入れ替わり立ち替わり現れ
みんな何かを喚いて怒っている

でも私たちには怒りはない
だから今宵も我が家は楽しい一夜の歓談

表象の森の薔薇の洋館――

時折若い女性が入り込んだままになるという噂の森を歩いていると
〝薔薇の洋館〟と書かれた古びた建物が目の前に現れた
しかしどこにも薔薇は咲いていていない
少し足を運び森の畢竟発明庵を訪ね
その洋館について庵主の眼鏡蛇に尋ねてみた
「あそこは館の中のあちこちに薔薇が咲き誇ってるらしいが、
入れる人は限られているんだ」とのことらしい
「入れる人とは？」
玄関の中に入場ゲートがあって

ゲートのバーコードリーダーで若い女性の手首に付いた肉すじのバーコードの本数を読み取り
境界線（ボーダーライン）の認証が入ると青信号とともにゲートが開くそうだ
「入ったらどうなるのですか？」
ステンドグラスで囲まれた広間の中央に立派な棺が置いてあって
その中に白い薔薇の花が敷き詰められているらしい
「で、その女性はどうするのですか？」
呪われた出自《しゅつじ》の服を全て脱ぎ去り一糸まとわぬ姿のまま
その白い薔薇の中に横たわって埋もれ
全ての棘を体中に刺して花に血を捧げるそうだ
「その女性は大丈夫なのですか？」
全部の薔薇が深紅に変わると同時に天井に向けて目を拡大鏡のように見開き
魂を瞼に宿しながら白き蝋人形となって永劫に生き続けるらしい

グローバリズムの詞《うた》——

月曜日は上海に出掛け♪
蝶柄のチャイナドレスの中国娘を見つけ♪
スリットに延びる羚羊の脚をつまみに
白酒で喉を焼き、

火曜日はアルゼンチンに飛んで♪
深紅のマルベックを喉に流し込み♪
漆黒のドレスを着た日本海溝の胸元の羅甸娘相手に
噴火直前の火山になりタンゴ№5を教わり

水曜日はサンクトペテルブルクに駒を進ませ♪
極東から来たロシア娘の
バイカル湖の瞳の奥底にチェックメイトをかけ♪

ツンドラから掘り出したウォッカで沸騰し

木曜日はメキシコシティーを訪れ♪
11月の死者の祭りで自分の顔の皮と肉を剥いで♪
左手でグサノの盛塩を舐め右手でテキーラを煽り
スカルのお面をかぶった羅甸《ラテン》娘をエスパニョールで口説き

金曜日は日本の1月の北国に戻り♪
障子を開けると一面墓縊死の林の旅籠に泊まり♪
ガラス窓に映る雪女の情念話をつまみに熱燗を嗜み

土曜日は歩いて北に向かい♪
凍てつく空き家で暖をとり♪
座敷童子相手にきりたんぽ鍋と冷や酒を嗜《たしな》み
雪深い庭に作るかまくらの建築会議を童衆《わらしべ》と開き

日曜日は近くの野っ原を見つけ♪
髪の毛が伸びる日本人形とお散歩しがてら野っ原に赴《おもむ》き♪
奇術師となってそこ一面を昔遊んだ蒲公英《たんぽぽ》畑に変えてみせ、
向日葵《ひまわり》となってにっこり笑うお日様に向かって2人揃《そろ》って挨拶した後
右手にラムのボトル、左手にカシャッサを握り
お月さんと仲良しな叢雲がお天道様の邪魔をしないように
サンバを踊り続けたい

・・
ソンナヒトニワタシハナリタイ

あとがき

（この本には登場しない）畢竟発明庵の庵主眼鏡ヘビの呟きです――

人間やってるみんなはまぁ、だいたい自分で人生の道を歩んでいるつもりだけど、実のところ『因縁』とか『運命』という見えない何かに操られながら、『時間』というだんだん大きくなる消しゴムに体と魂を消されながら日々を過ごしているだけだよ。まぁ、それに気が付いているか気が付いていないかの違いはあるけど。


作者より――

この旅籠の話や付録の小話詩《こばなし》の原案を作った２０２０年の春先には、生物か無生物か曖昧なCOVID－19がいきなり世界中に拡散したり、晩夏にはこれまた生き物とは言えないスーパータイフーン（台風10号）が南の海で発生して日本を襲い、北のほうに去って行ったりしていました。

（その1年＋αの後には、せいぜい受験用の英単語として見かける「pandemic」という言葉が蝗《いなご》の大群のようになって地球上を覆い尽くすとは予想だにしていませんでしたが）

このようなことがあると、なぜか古の酒仙李白の「春夜桃李の園に宴するの序」の有名な漢詩を思い出します。その詩を読むと、いきなり最初から「夫れ天地は万物の逆旅にして、光陰は百代の過客なり」と語っております。

この詩のおかげで、結局人間なんて、この地球の主のような顔をしているけれど、宮沢賢治の有名な詩の1つである「春と修羅」の交流電燈の明滅に過ぎないんだろうな、と感じてしまいます。

ところで、近年になって毎年いらっしゃるスーパータイフーンをニュースの気象写真で見てると、なんか古の中国の荘子（荘周）の内編に出てくるえらく馬鹿でかい鵬《ほう》が海の鯤《こん》から化けて翼を羽ばたいて通り過ぎていくイメージを連想させます（確か、鵬は、北の海から現れて南のほうに飛んでいくので、赤道付近でコリオリの力とかで発生して北のほうにゆっくりと移動していくスーパータイフーンとはちょっと違いますが）。

気象衛星の写真によると、スーパータイフーンの目がはっきりと映っていますが、実はその目で海の青さを照らして鵬と同じように「地球は青かった」という言葉が暴風雨の中にコメントとして紛れ込んでいるのかもしれません。

ということで、酒仙李白が告げた「光陰は百代の過客なり」の言葉通り、永劫の時間の川を遡ってきて旅の途中の一息ということで、この時代に「天地は万物の逆旅」と語り、この現代に生きる地球の主と勘違いした人間たちに語り教えている気がしてきます（人間の煩悩に起因してやっかいな半生物、訳分からない新生物、きのこ雲が一気にばらまくDNA切断型の無生物が万物の仲間入りをしてもらいたくないです）。

最後に、いくつかある私の筆名についてお話しさせてください。

「加羅戸麻矢」の名前の由来ですが、印度哲学のkālaḥ（時間）とmāyā（幻影）の当て字であり、羅で出来た戸と麻で出来た矢という、ありえない（意味のない）シュールな組み合わせでもあります。インド版般若心経と言われる『バガヴァッド・ギーター』他をヒントにしました。

「漆黒冗狗」は、夜中独りで暗い道を歩いていると2つのくり抜いた目玉用の穴から一条の光を放射している黒いお面をかぶりながら、すれ違いざまにその人を見て笑うという謎の人物です。その場でフリーズして立ったままでいると「笑黒天商会 代表取締役 漆黒冗狗」という朱色の字で書かれた名刺をいきなり渡して何も言わず立ち去って行きます。一旦出会うと、夜中に起きた時に洗面所で顔を洗った後に自分の顔を鏡で見てみると肩越しに静かに立っています。あまり関わりたくないですね。

ところで自分の本名ですが、忘れてしまいました。両親が過干渉毒親で一人っ子であったため、勝手に付けられた名前を解離性健忘用の特注消しゴムでしょっちゅう消していたら、自分の名前がなくなってしまったのです。

ついでにお話しすると、大分前ですが、私の本名と同姓同名の人がちょっとした迷惑行為で世間を賑わしたことがありまして、私の自宅にも新聞社だか雑誌社だか忘れましたが迷惑な電話がかかってきた上、何年か前ですがあるサイトに私が中心となってクモの巣状に私の全く知らない人が友人として一面に貼り付けられた人物相関関係図が出ていたのを、私の仕事を手伝ってくれていた優秀な女子大生が見つけてくれました。

えらく迷惑したため「何とかしてほしい」とその子に頼んだところ、そのサイトの会社に電話をかけて、その図を自分の名前も含めて手際良く消去させてくれたことも関係しております。

著者紹介

加羅戸 麻矢（からと まや）

筆名の由来は本書の「あとがき」をご参照ください。
職業：自称幻惑散文詩人、不思議議思想発明家（荘周の「胡蝶の夢」の中の現実世界？での生業：某国家資格に基づく個人事業主やってます）
好きな作家や作品は、ホフマン（特に『砂男』）、シャルル・ノディエ、ラヴクラフト（特に『死体安置所にて』）、カフカ、ガルシア＝マルケス、ボルヘス他（海外）、泉鏡花、内田百閒、芥川龍之介（特に『河童』、『歯車』）、岡本綺堂、夏目漱石の『夢十夜』、安部公房他（国内）。好きな詩人や作品は、萩原朔太郎（特に詩集『月に吠える』、それと散文詩風の小説『猫町』）、長田弘の「誰が駒鳥を殺したか」（『言葉殺人事件』より）、谷川俊太郎の「かぞく」（『バウムクーヘン』より）、李白。

真夜中の旅籠

2021年8月30日　第1刷発行

著　者　加羅戸麻矢
発行人　大杉　剛
発行所　株式会社 風詠社
〒553-0001　大阪市福島区海老江5-2-2
大拓ビル5 - 7階
Tel 06（6136）8657　https://fueisha.com/
発売元　株式会社 星雲社
（共同出版社・流通責任出版社）
〒112-0005　東京都文京区水道1-3-30
Tel 03（3868）3275
イラスト　ふゆかわともこ
装幀　2DAY
印刷・製本　シナノ印刷株式会社

ISBN978-4-434-29334-4 C0093